「脚ぃ……ぁぁっ……」

「だーめ、このまま。理紗のこんないやらしい姿が見られるのは、婿の特権」

むず痒さのなかに明らかなぬめりを感じ、自分の興奮具合を悟った。

御曹司婿の押しかけ婚

～高嶺の花の旦那サマといきなり新婚です～

玉紀 直

Vanilla文庫 Miel

高嶺の花の旦那サマといきなり新婚です

御曹司婿の押しかけ婚

contents

イラスト／鈴倉　温

プロローグ

「不束者《ふつつかもの》ではございますが、どうぞよろしくお願いいたします」

とっさに頭に浮かんだのは「それはわたしのセリフではないでしょうか!?」だった。

しかしそれを口にできるだけの精神的余裕はない。伊藤理紗《いとうりさ》はそろえた両膝の前に両手をつき頭を下げる。

「ど、どうもご丁寧に……。こちらこそ、今後ともどうぞよろしくお願いいたします」

言ってしまってから、仕事相手への挨拶《あいさつ》みたいだと微妙な気持ちになる。

どう考えても、新婚初夜のベッドの上で口にするセリフではない……。

理紗を頓珍漢《とんちんかん》な言動に走らせる原因となった相手、聡《さとし》もそう思ったのだろう。手で軽く口を覆い笑いを堪えている。

「なんだか取引先と話をしているみたいだ」

「すみません……なんか、緊張して。ってか、『不束者ではございますが』って、わたしのセリフじゃないですか？」

「ん～、でも間違いではないいんじゃないか？　俺、理紗のところに婿入りしたんだし」

「うっ……」

言葉に詰まる。ここまできてもまだ戸惑いがあるだけに、言い返すのに最適な言葉が見つからない。

「反論ある？」

「ううう……」

かくして、スイートルームの大きなベッドの上、恐ろしく肌ざわりがいいおそろいのバスローブを身にまとい、新婚夫婦は正座姿で対峙《たいじ》する。

理紗は〝夫〟を睨《にら》むように凝視した。

（本当に……この人と結婚したんだよね……。それどころか、本当に〝婿〟になってくれたんだよね。この人が……本当に……）

考えれば考えるほど信じられなくなってくる。

理紗の目の前で惜しげもなくイケメンオーラを放出しているのは、挙式前に入籍するまで万里小路《までのこうじ》という高貴な響きのある苗字を持っていた三十一歳の男性である。

おまけに彼は、理紗が勤める大手ゼネコンの御曹司であり、常務というポジションにある。

大学を卒業後入社。それから二年半ほど、彼は理紗にとって高嶺《たかね》の花だったはずなのに。

まさか本当に〝伊藤聡〟になってくれるとは……。

「どうした、理紗。見すぎじゃないか。これから朝から晩から夜中まで、好きなだけ眺め放題なんだから」

あまりにもじっくりと眺めすぎたせいか、聡が笑いながら理紗の肩を叩《たた》く。

「いえ……あの、今日もイケメンオーラがダダ漏《も》れだなぁ……と思って」

「脳裏に焼きつくほどかっこよかったか？　俺の花婿姿」

「常務……聡さんがかっこ悪かったことなんてないじゃないですか」

にわかに……聡のまぶたがゆるむ。

「今……『常務』って言った？」

「言ってませんっ」

慌てて否定をする。入籍して夫婦になったら、ふたりきりのときには「常務」と呼ばないこと、という約束をさせられているのだ。

絶対に聞こえていたはずだが、聡は「まあいいか」と言い捨て、濡《ぬ》れた前髪を無造作に掻《か》き上げた。

その姿を前に、息が詰まる。ひとりずつではあったが、ふたりとも入浴したばかりだ。

……濡れ髪のイケメンは、心臓に悪い。

理紗の気も知らず、聡はわずかに身を乗り出して微笑みかけてくる。

「理紗のウエディングドレス姿、すっごくかわいかった。やっぱり、あのドレスにしてよかったな」

ふたりで選んだプリンセスラインのドレスだった。似合っているのか不安だっただけに、夫に褒めてもらえて素直に嬉《うれ》しい。……のに、気持ちとは裏腹に理紗は膝を崩して身体を引き、聡が近づいたぶん距離をとってしまった。

「なに？」

「な、なんか……いつものイケメンオーラと違うな……と思って。破壊力が増してるというか。あの……無駄に色気出してません？」

さすがに慣れたのかいつもは平気な聡のイケメンオーラが、今日はやたらと恥ずかしい。おそらく、そこに色気成分がプラスされているせいだ。

軽く息を吐き、聡が身を乗り出してくる。……なので、またうしろに逃げる。そのぶん近づいてくる。また逃げる……。

なんてことを繰り返しているうちに、理紗はベッドにあお向けになり、聡が頭の両側に手をついて見下ろしているという図ができあがってしまった。

「色気ぐらい出させろ。これから奥さんを〝その気〟にさせなくちゃならないんだから」

「そ……その気、とは……」

「俺は婿だからな。ご奉仕しますよ、奥さんっ」

「いっ、いや、そのっ、そんなにフェロモン振りまかなくてもっ」

ハートマークが飛んできそうな甘い声。聡のこんな声を聞くのは初めてだ。照れくさいやら恥ずかしいやら役得で嬉しいやら……。

「最高の初夜にしてやるから」

あたふたしているうちに唇が重なり……。

そして理紗は改めて悟る。

本当に、とんでもない高嶺の花を婿にもらってしまったのだと。

二週間前のあの言葉は、嘘《うそ》偽りなく、実行されてしまったのだ――。

第一章　一人っ子長女の婚活事情

大企業、一流企業、そう呼ばれる会社への就職を目指す理由は、人それぞれ。

グローバルな仕事がしたい、大きな舞台で自分の可能性を試したい、自分の人生をよりよいものにするための手段として……など。

前向きで好感度の高い理由は耳ざわりがいい。しかしその実、高水準な給与や賞与を求めていたり、福利厚生の充実を重要視していたり。勤め先のネームバリューで異性にモテようなんて下心を秘めていたり。

欲望むき出しの本音は、なかなか聞こえてこないもの。またわざわざ吹聴する者もいない。なんといっても印象がよくない。下手をすれば人間関係に関わる。

本当の目的を公言する必要などない。

そしてまた理紗も、ある目的のために大企業を目指し、就職したひとりだった……。

「りーさっ、どうだった？　昨日の合コン」

オフィスの自席で仕事していると、明るい声でこっそりと耳打ちされる。周囲に聞こえないようにだろう。さすがは大学時代からの友である。

その気遣いを汲《く》み取った理沙は、無言で振り向き盛大に両腕をクロスさせ〝×〟（今回も駄目でした）を表した。

「そっかそっかぁ、おつかれー。今回も理紗様のお眼鏡《めがね》には適《かな》わなかったんだね」

アハハと笑いながら腕を組んで、古川真由子《ふるかわまゆこ》は軽く肩を上下させながら息を吐く。

「基準が厳しくなるのは仕方がないけど、少しは妥協しないとさ。目的達成は難しいんじゃないかな」

「妥協してるつもりなんだけどな」

「理想が高すぎるんじゃない？〝社食友だち〟と比べていたら、合コンだろうがお見合いだろうがどこを探しても彼氏候補さえ見つけられないよ」

「比べてないよ」

苦笑いをしつつ、比べているかもしれないと自分に警告を出す。真由子の言っていることに間違いはない。おそらく、比べているのだ。

忠告をくれた彼女は本気で心配してくれているようで、羨《うらや》ましいくらいパッチリとしている大きな目が今は細くなっている。理紗は片手を軽く振った。

「大丈夫だよ。ぼちぼちやってるし。こういうのは焦っちゃ駄目だと思うんだ。今夜は開発事業部の精鋭と合コンだし。ほどほどに物色してくるから」

「いつもついていってあげられなくて、ごめんね」

「彼氏持ちがなに言ってんのっ」

真由子の組んだ腕をポンッと叩く。唯一事情を知る友だちにそんな顔をさせてはいけない。理紗は軽く笑ってみせた。

気まずさがうっすら漂うが、真由子が先輩課員に呼ばれ、話は終わる。大きい目で手を振り歩いていく姿を見送り、……今度は理沙が肩を上下させて深く息を吐いた。

（心配させちゃったな……）

無理もない。理沙だって、入社して二年以上も親友が合コン三昧《ざんまい》だったら心配になる。おまけに、それでも目的の人物どころか候補になりそうな男性のひとりも捕まえられていないのだから、いったいなにが悪いのかじっくり考えたくもなるだろう。

（せっかく、頑張って大企業に入社したのに……）

大手ゼネコンの株式会社マデノに入社して二年半。理紗は秘書課で仕事に精を出しながら、もうひとつ頑張っていることがある。

——〝婿探し〟である。

単なる婚活ではない。理紗の場合はいささか特殊な事情のため〝婿探し〟が正しい。「お嫁さんになりたい」ではないのだ。「お婿さんがほしい」なのである。

頑張って大企業に就職を決めたのも、優秀な婿が見つかるのではと考えたからこそ。合コン三昧なのもそのためである。

（なかなか上手くいくものでもないんだよね……。お父さん、お母さん、ごめんね）

もちろん、婿がほしいのには引くに引けない理由がある。

理紗の実家は中堅の建設会社を営んでいる。父親は二代目で、子どもは理紗ひとりだ。

つまり理紗は、婿をとる必要のある一人っ子長女。家業である株式会社イトウ建業を、ともに運営していくパートナーを見つけなくてはならない立場だ。

中堅とはいえ、その下層から抜け出せない業績。祖父が仕切っていたころはサブコンからの下請けも多く扱っていて、正規のサブコンに成長するだろうと業界から期待されていた。

が、現実はそう上手くいかず、父の代に得意としていた一般空調設備の競合が増え、時代とともに更新される最新システムに追いつかなくなってしまった。

さらに三代目となりうる男子がいないということで「イトウ建業は二代目で潰れる」という噂まで流れる始末。

幼いころから頑張る父の姿を見てきた。作業員たちとともに現場へ出て、揉《も》め事があれば両者のあいだに立ってじっくりと話し合い、社員の話は親身に聞き、クライアントに喜んでもらえる仕事を心がけている。

その仕事ぶりに社員の信頼は篤《あつ》く、だからといって家庭をないがしろにする人ではない。理紗は父が大好きだ。

だからこそ、父が守っている会社を、社長である父を、馬鹿にされるのはいやだし許せない。会社を潰すわけにはいかないのだ。

長女として自分にできるのは、この業界に通じ、イトウ建業を追い風に乗せられるような、優秀な婿をとることではないだろうかと考えたのだ。

それに気づいた大学時代。理紗の選択は大企業への就職一本に絞られた。

そこには狭き門を突破した優秀な人間が多いはず。そこで婿探しをしよう。

浅はかな考えだったかもしれない。しかし、それが最適解に思えた。

希望が叶って大手ゼネコンへ就職し、配属されたのは秘書課。社内のみならず取引先のエリート社員の情報なども、役員や重役付きの同僚から入ってくる。

おまけに秘書課というのは華やかなイメージがあるのか、一定数の男性に好まれる傾向があるようで、合コンのお誘いが多い。

望んだ以上の好環境。おかげでこの二年半というもの、いったい何十回合コンに参加しただろう。

回数も忘れるくらいチャレンジしていけば、これだ、と思う人にめぐり会えるに違いない。

（……と、希望を持っていた時期が、わたしにもありました……）

悔しさが脳裏をめぐる。

これればかりは数をこなせばいいというものではなかったようだ。その証拠に、いまだに「これだ」と思える人に会ったことがない。

望みどおりのエリートには数多くお目にかかってきた。キレ者で洞察力があって、こんな人が実家の会社にいてくれたらと思ったこともある。

だが、それだけでは駄目なのだ。重要なのは、婿入りしてもいいと少しでも思っているか、というところ。……なのだが。

たったひとつ、けれど譲れない大切な条件。残念ながら、それをクリアする男性がいない。エリートと呼ばれる男性は、とにかく自信がある人が多く、ハッキリとは言わなくても「主導権は我にあり」という意識が言動ににじみ出ている。また、大手企業に在籍しているプライドがあるのか、中小企業を下に見る人もいた。女性側の姓になることを、男として屈辱だと笑った人も。そんな人が婿になってくれるわけがない。

人間、じっくりとつきあってみないことにはその人の本質を知ることはできない、合コンで上っ面を見たくらいでなにがわかるのか。そういう意見もあるだろうが、ファーストインプレッションも大切なのだ。

特に理紗は大きな目的があるのだから、それを重要視する。

結果、目的は果たせないまま……。

理紗は今、婿をもらうというのは、男性がお嫁さんをもらうことの数百倍難しいと感じている。

真由子が言うように、理想が高いわけではないと思う。とにかく「婿入りしてもいいと少しでも思っているか」を第一に見ている。

だが……。

――〝社食友だち〟と比べていたら、合コンだろうがお見合いだろうがどこを探しても彼氏候補さえ見つけられないよ。

理紗の頭に〝社食友だち〟が浮かび上がる。話しているだけで幸せな気分をくれる人。

そんな男性には合コンでは会ったことがない。

彼の顔が意識を占めるとキーボードの上にある手はただの添えものとなり、モニターに映し出されたグラフも眼球の表面で滑る。

（比べてる……きっと）

比べてはいけないと、理紗が一番わかっている。

比べることは罪だとさえ感じる。

理紗の〝社食友だち〟は、――高嶺の花だ。


「ごめんね～、理紗ちゃん、日替わりスペシャル、ついさっきの注文で終わっちゃったんだよ」

申し訳なさそうに両手を合わせる社員食堂スタッフ。入社当時から気軽に声をかけてくれる〝おかあさん〟の顔を見ると、ほわっと気持ちがなごむ。

もちろん彼女は理紗の母親ではないが、ふっくらとした優しげな雰囲気が実家の母親にとてもよく似ている。「市多《いちた》」と書かれたネームをつけているので口に出すときには「市多さん」と呼ぶが、心の中では「おかあさん」と呼ばせてもらっているのだ。

「いいよいいよ、気にしないで、市多さん。じゃあお魚定食にしようかな。今日のお魚はなんです？」

「鯖《さば》の味噌煮《みそに》。理紗ちゃん、好きだったよね」
「好きー。じゃあ、それで」
「よし、じゃあ、ご飯に味噌煮の煮汁もかけてあげるね」
「ありがとうございます、うれしー」
「理紗ちゃんは食べたいメニューが切れていてもゴネないし怒らないから、ほんっと素直でかわいいねぇ」

ニコニコしながら厨房《ちゅうぼう》へ下がっていく市多を目で追ってから、理紗はカウンター前に立ったまま食堂内を見回す。

時刻は十四時。昼食をとるには少々遅い。だが理紗は、この時間帯にお昼休みに入ることが多い。

きっかけはちょっとした下心だった。少し遅い時間帯のほうが、昼食をとるひまもなく忙しく働く社員が利用していると聞いたので、それに合わせていたのだ。

仕事に真面目で働き者。婿に申し分ない条件である。

毎日通っていれば毎度のメンバーがわかってくる。ときどき新顔を見かけもする。が、なかなか目的達成には繋《つな》がらなかった。

遅いお昼休みも、今ではただの習慣になってしまった。理紗は重役秘書の補佐やグループセクレタリーを担当しているので、ボスのスケジュール次第でお昼休みがずれるということもほぼない。

単なる惰性ならやめてもいいのだが、この時間にこだわっている自分がいる。

この時間帯は〝社食友だち〟に会える可能性が高いからだ……。

食堂内をさりげなく見回すが、〝社食友だち〟の姿は視界に入らなかった。

(今日はハズレか。残念)

「理紗ちゃん、お待たせ」

市多が持ってきてくれたお魚定食の四角いトレイを受け取り、ホカホカご飯の上に味噌煮の煮汁がかかっていることを確認して「ありがとう、市多さんっ」とお礼を言う。

食堂の片隅、横に広がった大きな観葉植物、ウンベラータの陰が理沙の指定席である。

後方のこの四人がけテーブルからは食堂がよく見渡せる。おまけにウンベラータのおかげで、食事中の社員を観察していても気づかれることはない。

「あ、そうだ、ログボ……」

ふと思いだし、テーブルにトレイを置いてからスマホを取り出す。操作をしながら椅子に腰を下ろした。

習慣になっているアプリゲームを起動させると、攻略対象キャラが微笑みかけてきた。

「……『今日も会いにきてくれてありがとう。お花をどうぞ』、なんだ、三本か、せめて十本だろう」

いきなり背後からテキストを読む声が聞こえ、「ひぇっ」と声をあげながら振り向く。理紗の肩越しにスマホを覗《のぞ》きこんでいたのは〝社食友だち〟だった。

「じょっ、常務っ。いらしてたんですかっ」

「伊藤さん、まだこのキャラ攻略してなかったのか？　ってか、ずっとこのキャラしかいじってないな」

「はい、いえ、攻略は、したんですけど……」

「もしかして……何周目？」

「十周以上してるかな……」

「ちょっ、どれだけそいつのこと好きなんだ？」

「いや、そういうわけではなくてっ」

（というか、近いです！　常務っ！）

肩越しに、この世のものとは思えない秀麗なご尊顔がある。何度目にしても慣れることがない。

（……眩《まぶ》しすぎますって）

あまりの至近距離に堪えられず、理紗は顔を前に向けてスマホを見た。

スマホの画面では優しい笑顔の青年がコスモスの花を三本理紗に手向けてくれている。キャラクター属性は、かわいい年下わんこ系。少女漫画のような綺麗《きれい》なイラストで、イベント限定アイテムゲットのために彼のATMになってしまう女性ユーザーも少なくない。

が、理紗には、アイドル顔でお客さんにちょっと人気があるコンビニのバイト大学生、くらいにしか感じない。

(常務の顔を見たあとじゃ、どんなイケメンも霞《かす》むって……)

この会社で常務の肩書きを持つ、万里小路聡。祖父は会長、父は社長、長男は副社長、次男は専務、三男である彼が常務という、万里小路一族の御曹司、御歳三十一である。

一八〇オーバーのスーツ栄えする体軀《たいく》、見ているだけで照れてしまいそうなほど顔面の作りが秀逸な彼は、黙っていれば貴族かと思うほど気品がある。だけど兄たちよりもノリが軽くて気さくで明るい。それゆえ社員たちに絶大な人気があるのだ。もちろん女子社員人気は筆舌に尽くしがたいとさえ言えるだろう。彼とすれ違うだけでポーッとして、その後一時間は仕事能率が下がるというから恐ろしい。みんなのアイドル、みんなの憧れ、それが万里小路聡である。

そんな彼と親しく話ができるのも遅めの社食通いのおかげ。入社して間もなくして、食堂で聡に話しかけられたのだ。

『秘書課の新人さんだね。こんな遅くにお昼？　なんのゲームやってるの？　あっ、社食はね、日替わりスペシャルが一番お得だよ。ところで仕事はどう？　意地悪されてない？ああ、そうだ、秘書課の課長に伝言頼んでいい？』

……できれば、質問と情報とお願いは、分けてしてほしかった……。

彼が常務だというのはわかっていた。出社時にいつもエントランスで遠目に見かけて「今日も素敵だな」と思っていたのである。

いきなり話しかけられて硬直していたときに、ゲーム内でちょうど回っていたガチャでレアアイテムが出現して『なんか出た！　ほらっ、伊藤さんっ』と彼に教えられた。

『恋愛シミュレーション？　面白い？　俺もやろうかな』

『こっ、これ、女性用の婚活ゲームなので常務がやるようなものでは……』

『平気。俺、なんでもやるし。……あっ、もしかしてエロゲだった？　だったらごめん』

『ちがいますっ。普通の乙女ゲー、男性キャラを攻略するゲームなのに、男の人がやってどうするんですか』

『どうするって、最速で攻略する。よーし、じゃあ、競争だ。どっちが早く全キャラ攻略できるか勝負しよう。タイトル教えて。コードでもいい』

スマホを出しながら理紗の隣に座り、さっさとアプリをダウンロードしてしまった。

重役という彼の立場を感じさせない親しみやすさ。なんというコミュ力。恐縮しつつもアドレナリンは全開になって、話しやすさにつられて会話は弾む。

彼も社内にいるときは昼食が遅いらしく、その日から理紗の〝社食友だち〟になってしまったのである――。

「そうかそうか、つまり、伊藤さんの好みは、甘えん坊の年下わんこ、ってやつなんだ？」

自分のトレイをテーブルに置き、聡は向かい側の椅子を引く。ちょっと棘《とげ》のある言いかたに聞こえたが気のせいだろうか。

当然のように同席を決めこんでいる。みんなの憧れの常務とゲームの話をしながらお昼ご飯を食べるなんて、すごいことだ。

「そんなことないですよ。どちらかといえば年上で頼り甲斐《がい》があって行動力のある人のほうがいいなって思います」

婿条件ならそのほうがいい。実際、頼らせてくれる人のほうが嬉しい。ゲームでこのキャラにこだわってしまうのは、結婚観が「幸せになれるなら子どもにはこだわらないし、婿養子になってもいい」だったからだ。

(そんなことで周回しちゃうわたしも単純なんだけどさ)

自分に呆《あき》れそうになってしまう理紗ではあるが、そんな気持ちを聡が吹き飛ばす。

「そうだな、ゲームだからこそ選択できること、というのは確かにある。現実ではできないが仮想世界なら試せる。いいと思う」

声が凛々《りり》しい。こんなに力強く言われてしまうと、調子にのってしまうではないか。

「俺だって、女性ユーザーになりきってそのゲーム全攻略したし」

「本当に最速でしたよね。あのころのキャラ五人、あっという間に攻略して、そのあとから増えたキャラも攻略済みでしょう？　イベント限定キャラも……、って、どうして男の常務が簡単にクリアできるんですか」

「好き、とか、かわいい、とか自分の好みを考えないで、ゲームを有利に進めることを優先して、キャラの性格を計算して動くんだよ。これは仕事でも役に立つ」

「ふえ〜、さすがですねぇ。人間関係で悩んだときは常務に相談するといいかも」

スマホをテーブルに置き、ひとまずログインボーナスのお花を受け取る。と、聡の手が伸びてきて終了をタップされてしまった。

受け取ったら終了させるつもりだったのでいいのだが、わざとムッとした表情を作って顔を上げる。

文句のひとつも言おうとしたのに、声が出ない。理沙のスマホから指を浮かせた聡は、わずかに首をかしげてまぶたをゆるめ、理紗を見つめている。

その表情が、声帯が裏返ってしまいそうなくらい大人っぽくてかっこいい。

「頼れるって、思ってくれる?」

「え……?　は、ぃ、あ……はい」

「よかった」

理沙を魅了した表情に無邪気さを含ませて微笑み、聡は理紗のお魚定食のトレイと自分のトレイを置き換えた。

「褒めてもらえて嬉しいから、こっちあげる。日替わりスペシャル、好きだろう?」

「あっ、もしかして最後の注文したのって常務だったんですか?」

「そうみたいだ。伊藤さんはもう来てるかなと思ったら俺のほうが早かったみたいで」

「ありがたいですけど、いいですよ。日替わりスペシャルのほうがボリュームもあるし、常務が食べてください」

日替わりスペシャルはメインのおかずがひとつではなく、肉、魚、揚げ物、と三種類つき、それでいて普通の日替わり定食と同じ値段なので非常にお得である。

ゆえに男性に人気のあるメニューだが、頼めば量を少なめにしてもらえるし代わりにサラダ多めというオプションも利用できるので女性にもウケがいい。

聡は笑いながら箸を手に取る。

「いいのいいの。俺、今気分がいいから。たくさん食べたら大きくなれるぞ」

「どうせちっちゃいですよ……」

ちょっと卑屈に言うと聡がアハハと笑う。一八〇センチオーバーの彼から見れば、一五〇センチの理紗は「たくさん食べて大きくなれ」と言いたくもなる存在なのだろう。

身長は小学校六年生で止まった。……代わりにムクムク育ったのがバストサイズである。

「常務は子どものころにたくさん食べたからそんなに大きくなったんですか？」

「人並みだったと思うけど、好き嫌いはなかったな。兄さんふたりが食べず嫌いで、苦手なものを食べてあげてた」

「へーえ、いい弟さんですね」

「祖父が好き嫌いにうるさい人だったから、兄たちには重宝された。祖父と一緒の食事のときには兄ふたりの真ん中に席を置かれたし」

想像して思わずぷっと噴き出してしまった。幼い聡が兄ふたりに挟まれて、祖父の目を盗み苦手なものを食べてあげている姿がなんともかわいく思える。

聡の兄たちも弟と並んで絵になる美丈夫ぞろいだ。食わず嫌いで弟に頼っていたなんて、なんてほっこりする話なんだろう。

聡と話すのは楽しい。笑顔でお味噌汁椀《わん》を手に取る。具は厚揚げとネギ。本日のお味噌汁は全定食共通である。口をつけようとして、聡が眉を寄せてお魚定食を凝視しているのに気づいた。

「伊藤さん……」

「はい？」

「白米に、なにかプラスした？」

聡の視線の先にあるご飯は、白米の白さではない。それもそのはず、理紗が食べること前提で味噌煮の煮汁をかけてもらっている。

「味噌煮の煮汁をかけてもらったんです。ほどよく煮汁と絡んだご飯って美味しいじゃないですか。甘くて、味噌味の焼きおにぎりみたい」

ちょっと違うかな……と思いつつ、適当な表現が見つからない。

聡は物珍しそうに煮汁ご飯を眺めている。理紗用にカスタマイズされたものだ。彼にとっては未知の食べかただったのかもしれない。

（ご飯に煮魚の身をのせて絡ませて食べるとか、そういう食べかたはしないんだろうなぁ……。お坊ちゃまだし）

好き嫌いにうるさいという祖父は、きっとマナーにもうるさかったに違いない。白米とおかずを交ぜるなど言語道断かもしれない。理紗は自分のトレイのご飯茶碗《ちゃわん》を差し出す。

「こっちと交換しましょう。まだ箸をつけていな……」

言葉は途中で出なくなる。聡が聞く耳持たずとばかりに煮汁かけご飯をぱくぱく食べはじめたからだ。

「えっ？　なんだこれ、すっごく美味いなっ」

「あ……美味しい、ですか？」

「炊きこみご飯でもないし、お茶漬けでもないし、なんていうか、うん、美味いっ。これだけで茶碗一杯いけるだろ」

軽快にご飯を口へ運び、すぐにでもお茶碗がカラになってしまいそうだ。

自分で交換した以上、文句は言えないと我慢して食べているのでは……。そんなふうに勘ぐってもみるが、自分が美味しいと思っているものを聡が気に入ってくれたなら嬉しい。

「お代わりもらってきましょうか？　今度は普通の」

「二杯目も同じの。……は、むり？」

「頼んでみます」

「いいよいいよ、自分で行ってくるから。伊藤さんは食事をしていて」

カラにしたお茶碗を手に、聡はさっと立ち上がる。「市多さんに言ってみてください」と伝え、カウンターへ向かう姿をウンベラータの陰から見守った。

常務だからといって、当然のように一介の社員を使い走りにはしない。今だけ気遣ったのではなく、これが聡の人柄だ。

(いい人なんだよね、本当)

仕事はできるし人柄はいいし。――彼が常務じゃなかったら、一番の婿候補なのに。よりによって大企業の御曹司。高嶺の花すぎて、婿候補として考えるのさえ恐れ多い。

「大盛りにしてくれた」

ほどなくして笑顔の聡が戻ってくる。トレイに置いた大盛りご飯には煮汁がたっぷりかかっている。

「市多さんに、『とりかえっこしたのかい』って笑われた。伊藤さんのご飯が美味しそうだったから頼みこんで交換してもらった、って言ったら大盛りにしてくれた」

「ご飯だけでお腹いっぱいになりそうですね」

「こんな美味い食べかたを教えた伊藤さんが悪い」

「知らなかった常務が悪いのでは？」

お互いに罪をなすりつけ、アハハと笑いながら箸を進める。一杯目は煮汁かけご飯だけを食べてしまった聡だが、今度はちゃんとお味噌汁や鯖の味噌煮にも手をつけている。

食事をするときの姿勢、箸の持ちかた、片手に携えるご飯茶碗、形のいい唇に運ばれる料理……。

食べかたもさることながら、食べている姿が美しい。

（きっと、どんなに重箱の隅をつつくマナー講師でさえも、常務に注意なんかできないだろうな……）

自分の食事を忘れて見惚《みと》れそうになる。

「ああ、そういえば、今日も合コンなんだって？」

さりげなくふられる話題。冷静に考えればどうして知ってるんだろうと疑問を抱くはずだが、理紗は食べながら素直に話にのってしまった。

「はい、まあ数合わせなんですけどね」

「合コンの数合わせを進んで引き受けてくれるから助かるって、総務の女の子たちが言ってた。『秘書課の女の子も来る』って言うと男性陣が張りきるって」

「秘書課って、華やかなイメージを持っている人が多いんですよ。……わたしじゃガッカリかもしれませんけど」

「伊藤さんは、かわいいよ」

心臓がバウンドして、一瞬、箸が止まる。今の言葉は幻聴だろうか。

聡に目をやると、彼は自分がなにを言ったのか意識もしていないように食事を続けている。

(……言い慣れてるのかな)

残念に思う気持ちが細波《さざなみ》になって胸に打ち寄せてきそうになり、それを振り払うつもりで明るく応える。

「身長が、ですか? どうせちっちゃいですよー。でも、このくらいの身長の子って結構いっぱいいますからね。わたし、高校のころ仲のよかったお友だちは同じくらいの身長の子が多かったです」

「今夜のは、やめておきな」

反して、聡の口調は明るくなかった。それどころか少し怒っているようにも感じる。

「昨夜も行ったんだろう? 数合わせ? 身体に悪い」

社員のお酒の飲みすぎを心配してくれているのだろうか。

理紗がよく合コンに行くことは聡も知っている。食堂で話題にすることもあるからだ。

だが、行かないほうがいいと言われたのは初めてではないか……。

(お酒大好きとか思われるのもいやだな……)

味噌汁椀を口につけて傾けるあいだに考え、トレイに戻すのと同時に口を開く。

「わたし、お酒はほぼ飲んでいないので。最初に注文するのもウーロン茶だし、乾杯用にグラスが用意されていてもひとくちしか飲まないんです。お酒はそんなに好きなほうじゃないんですよ。ですから、飲みすぎを心配していただかなくても大丈夫ですっ」

「いや、そうじゃなくて、……俺の身体に悪い」

「は……？」

セリフの意図がよくわからない。

だけど、なんとなくこの話題を引っ張るのは気まずい。合コンによく行くのは確かに好印象とは言いがたい。

（ふらふら遊び歩いてると思われたのかな。そうだよね、夜遊びは身体に悪いもんね）

実家を離れているため、こういうことを気にしてくれる人は貴重だ。真由子とは違うありがたさがある。これは素直に聞き入れなくては。

手元の皿から大きな唐揚げをひとつ取って、聡のご飯の上にのせる。彼が顔を上げ目が合うと、理紗はぺこっと頭を垂れた。

「ご心配くださり、ありがとうございます。いろいろ、気をつけます」

「……気をつけるなら……、まあ、いい」

彼にしては歯切れが悪い。おまけに「やっぱよくないかな……」と呟《つぶや》くのも聞こえた。

(育ちのいい人は女の子の夜の外出とか気になるものなんだな……。親の躾《しつけ》がなってないとか思われたかな)

社食友だち、なんてくくりで親しくしているつもりでも、基盤はまったく違うレベルの人なのだと思い知らされるよう。

(やっぱり常務は、高嶺の花だ)

聡の顔を見るたび、親しく話をするたび、こっそりと顔を出しそうになるあたたかな想いがある……。

「わかった。でも、本当に気をつけなさい」

「はい」

そんな想いを、理紗は、そっと閉じこめるしかない……。


本当に気をつけなさい。そう言われ、「はい」と返事をしたのは数時間前。

それなのに理紗は、気をつける間もなくマズい状況に陥っていた。

「だから、このままふけよう？　ふたりでさ」

「は……ですが、それは……」

いったいこれはどういうことだ。理紗は今、飲食店の多く入ったテナントビルの出入り口前で、なぜかひとりの男性に詰め寄られている。

ビルの二階に、本日の合コン会場となっている洋風居酒屋がある。一緒に向かうはずだった総務課の同期が、急な残業で遅れるというので先にやってきた。

待ち合わせ時間十五分前に到着し店に入ろうとしたところ、この男性に声をかけられたのである。

年のころ二十代後半。今夜の合コンメンバーらしい。男性陣は開発事業部の精鋭と聞いていたが、理紗は面識がなく見たことがない顔だった。

しかし畑山《はたやま》と名乗った彼は理紗を知っているらしく、気分が悪いので外の空気を吸いに行きたい、つきあってほしいと言われた。

具合が悪い彼を放っておくわけにもいかずビルの外まで一緒に出たのだが……。

出た瞬間、肩を抱かれ「ふたりで抜けよう」と言われたのである。

「気分は……具合は、どうですか？　なんなら帰ったほうが……」

予想外の展開すぎて、どう返したらいいものか迷う。しどろもどろになる理紗に反して、畑山は軽快に笑った。

「気分？　いいよ。これから理紗ちゃんとふたりきりになれると思ったら最高にイイ」

「それなら戻ったほうが。みんな待ってますよ」

「そんなにはぐらかさないでくれよ」

肩を抱き寄せられて顔が近づく。驚いて身体を引いた。が、肩を強く摑《つか》まれているので腰から下が逃げているだけのおかしな体勢になる。

「今夜の相手を物色する手間、はぶいてやるよ。後悔させないから、僕にしときな」

スンッ、と、焦りが引いていく。代わりに薄ら寒いものが頭をめぐった。

「合コンで男漁ってるって噂《うわさ》、聞いてるよ。今回メンバーに君がいるって聞いて、開始前に話をつけてしまおうって思ったんだ」

なにを言っているのだろう。誰の話をしているのだろう。人違いをされているようだ。

これは早く誤解を解かなくては。

「わたしは……！」

「理紗ちゃん、ちっちゃくてかわいくて巨乳だし、スタイルよくて僕の好みなんだよね。一回お相手願いたいなって思ってたんだ」

言葉が止まった。血の気が引いていく。人違いではないのと同時に、とんでもない勘違いをされているのだと気づいた。

それなりに整った面立ちの真面目そうな男性なのに、理沙を眺める目つきが嫌悪感を誘う。見られているだけでぞわぞわして、肌の上をミミズでも這《は》っているかのよう。

こんなにもいやな気持ちになって逃げたくてたまらないのに、気持ち悪さと怖さで身体がなかなか動かない。過ぎゆく人々は、そんな理紗の気持ちに気づくこともない。

それどころか、チラリと見ては含み笑いで顔をそらす。場所が場所だ。酔った男女がこそこそしている、くらいにしか思われていない。

「合コン使ってとっかえひっかえしなくたって、いつでも声かけてよ。理紗ちゃんみたいな子なら大歓迎だから」

肩にあった手が下りていき腰を抱かれた。

「……やっ」

慌ててその手を振り解こうとする。しかし逆に摑み返された。

「どうしたの？　恥ずかしいの？　もっと積極的になってよ。あっ、ふたりきりになったらグイグイくるほう？」

「放して……ください、積極的とか、わたし、そんな……！」

やっと出た声は、情けないほど動転している。どうしてこんなことになってしまっているのだろう。どうして。

――今夜のは、やめておきな。

食堂で聡に言われた言葉が頭をめぐる。聡が口出しをしてくるなんて初めてのことだったのだから、思うところがあったに違いない。

彼の言うことを聞いていれば、こんな目に遭うこともなかったのに。

（ごめんなさい！　常務！）

いまさらながら、素直に言うことを聞かなかった謝罪を心で叫ぶ。とにかく、この場をなんとか切り抜けることを考えなくては。

「――畑山君は、あまり積極的にならないほうがいい立場じゃないかな？」

幻聴かと思った。今、この声が聞こえるはずがない。それも、こんな間近で。

畑山の視線が理沙を通り越している。目を見開き表情を固めていた。

「昇進試験に受かったばかりだろう？　これから検討会議にかけられるっていうのに、女性関係で羽目を外していい時期じゃない」

腰を抱いていた手が離れる。摑まれていた手も解放され、理沙は勢いよく跳び退いた。

「あ……」

幻聴でも、目の錯覚でもない。――そこに、聡が立っている。

理沙を捕まえていた畑山の手を摑み、念押しの釘《くぎ》を刺す。

「下世話な噂話にのるな。出世コースの仲間入りをしたいなら、足をすくわれない行動を心がけなさい」

手を放してもらった畑山は、気まずそうに頭を下げ、踵《きびす》を返してビルの中へ入っていった。

店に戻るのだろう。もうそろそろ開始時刻だ。

（わたしも……行ったほうがいいのかな）

参加することになっているのだから、そのほうがいいのは当然だ。けれど、――行きたくない気持ちが大きい。

「なにを考えているのかだいたいわかるけど……」

聡が腰を折り、理紗の顔を覗きこむ。怒っているような、呆れたような、……でも、仕方がないなと許してくれているような顔。

「伊藤さんは欠席。わかった？」

欠席を決めてもらった瞬間、気持ちが楽になる。そのせいか、じわっと涙が浮かんだ。

軽く息を吐いた聡が理紗の手にハンカチを握らせる。反対の手を摑み、ゆっくりと歩きだした。

「まーったく、なにが『いろいろ気をつけます』だ。まったく気をつけてない。……見にきてよかった」

(見にきてくれた？　わざわざ？)

聡は前を向いたまま、理紗の手を引き歩調にも気遣って歩いてくれる。顔をこちらに向けないのは、理紗が泣きそうになっているのを察しているからだろうか。持たせてくれたハンカチであふれる涙を拭った。

「ありがとうございます……。常務」

雑踏に掻き消されるくらいの声しか出なかったけれど、聡には聞こえたのか、摑んでいる手の力が、少し強くなった。

手を引かれてやってきたのは、商業施設のファッションビルにある品のいい和食割烹《かっぽう》。半個室だった。

通されてすぐ目についたのは大きな窓。にぎやかな街の夜景は上品な華やかさを窓いっぱいに映し出し、数寄屋橋《すきやばし》の向こう側には東京タワーが臨める。

和食割烹だけあって地酒の種類が豊富だ。大人のデートにもってこいな雰囲気。ならばやはり、旬の素材でまとめられた会席を前に地酒を傾けるのがセオリーではないか。

……と、通は悦に入るのかもしれないが……。

「もう、ほんっと、考えれば考えるほど悲しくなる。なんでわたし、そんな言われかたしちゃってるんだろう。男を漁ってるとか、どこをどう見たらそんなふうに見えるんだろう。恋人がいたこともないのに」

泣き言を口にしながら、セッセセッセと箸を動かす。

「ほんとにな、伊藤さんはそんな子じゃないのに。あ、今まで恋人いなかったのか。それはいいこと聞いたな。ほら、肉のお代わり。たくさん食べるんだぞ」

そんな理紗につきあってくれながら、聡は肉の皿を鍋の横に置く。綺麗にサシが入った大振りの薄切り肉。綺麗すぎて作り物に見えるな、なんて考えていたら、どうして理紗に恋人がいなかったのがいいのか聞きそびれてしまった。

向かい合わせにテーブルを挟み、ふたりが仲よく囲むのは、会席ではなくしゃぶしゃぶ鍋である。

手を引かれてそのまま帰宅コースかと思いきや、「お腹すいただろ?」と、この店に連れてこられた。

見るからに高級店だし、メニューの選択もコースのみで、季節の会席かすき焼きかしゃぶしゃぶしかなかった。

『ここの塩出汁しゃぶしゃぶが美味いんだ』

という聡のお勧めで値段も見せられないまま決まってしまったが、グルメ番組でしか見たことがないような暴力的に素晴らしい牛肉が運ばれてきたのを目にしたとき、ああ自分とは世界が違う人とご飯を食べにきてしまったと軽い戦慄《せんりつ》を覚えた。

『俺が食べたくてつきあってもらうんだから、よけいな心配はするな。その代わり「こんなに食べられませーん」とか気取らないで、ガッツリ食え』

そう言ってもらえたおかげで吹っきれ、ついでに自分が受けていたひどい誤解を思いだし、半ばヤケ食いのように最高級しゃぶしゃぶを貪った。

「言われなくても、申し訳ないくらいたくさん食べてますよ。なんですか、これ、本当に人類の食べ物かってくらい美味しいです。塩出汁しゃぶしゃぶ最高ですね。いや、お肉が最高すぎるっ。あれですか、Ａ５とか等級あるやつですよね、きっと」

肉を褒めつつ鍋から白菜をさらう。塩出汁と肉の旨みが沁《し》みこんで、お野菜までもが最高すぎる。

「もう、お肉食べて帳消しでいいかなって気分ですよ。わたしの変な噂より、お肉のほうがすごいです」

「なに言ってんだ」

指の腹でポンッと頭頂部を叩かれる。顔を上げると、聡が理紗のとんすいにベストタイミングの肉を入れてくれた。

「肉は食べたら終わりだけど、伊藤さんの噂はちゃんと処理をしないと終わらない」

箸を止めて聡を凝視する。真剣な表情が胸に刺さった。彼にこんなに心配してもらえるなんて、もしかしてA5の和牛肉よりすごいことではないだろうか。

「心配だから様子を見にきたと言ったけれど、伊藤さんと社食で話をして心配になったのではなく、その前に耳にした話が気になったからなんだ」

「なんの……話ですか？」

「午前中に、ミーティングルームから出てきた畑山君たちの会話が耳に入った。そのままでは少々下世話すぎるので脚色するが、ようは、秘書課の伊藤さんが来る合コンに参加するから、さっさと連れ出してヤり……ふたりきりになるつもりだと、意気揚々と話していた」

「合コンで男漁りをしている秘書課の伊藤が参加するから、さっさと抜けてホテルに連れこむって話ですね」

「そういう言いかたはしないほうがいい」

卑屈だなとは自分でも思う。けれど、冗談半分にでも自虐的にならないと、深く考えこんでしまいそうで……。

「でも、そう思われてたってことですよね。合コンでとっかえひっかえ、って言われました。そのために参加してるって、思われてたんですね」

「ごく一部でそんな言われかたをされていたようだ。おそらく、合コンによく参加するということに、そういった推測が尾ひれをつけてひとり歩きしたんだろう」

「ありがとうございます」

「ん?」

「そんな話を聞いて、心配してくれたんですよね。わざわざ様子を見にきてくれるなんて、常務に……気にかけてもらえて嬉しいです。……情けないですけど、あのとき、ほんとに怖くて……、逃げることもできなくて……」

恥ずかしいくらい情けない。ハッキリ「いやだ」と言えばよかったのに。「やめてください」と突き放せばよかったのに。とんでもなく間違った失礼なことを言われたのだから、怒ってもよかったのに。

頭ではわかっている。もしも真由子がこんな目に遭ったなら、「そんなやつ殴ってやれ!」と憤ったことだろう。

でも、実際自分にはできなかった。

自分が思ってもみなかった目で見られ、性的な感情を向けられているなんて考えたこともなくて。それを目の当たりにしたとき、恐怖と羞恥で頭がぐちゃぐちゃになった。

「常務の姿を見たとき、幻聴でも幻でもないってわかって、すごく嬉しかったんです……。本当に、ありがとうございます」

「聞いてもいい？　合コンに参加する理由。俺は、伊藤さんがただの数合わせで毎回参加しているとは考えられないし、それ以上に、おかしな目的があるとは絶対に思えない」

信じてもらえているのが嬉しくて心強い。聡の眼差しは真剣で清々《すがすが》しく、理紗の全神経が彼に惹《ひ》きつけられていく。箸も完全に止まり、絶品A5の和牛肉も頭から消え去った。

彼になら話してもいいのかもしれない。理紗がずっと、実家のために奮闘してきたこと。

理紗は覚悟を決める。真由子にしか話したことのない目的だけれど、聡なら揶揄《やゆ》することなく聞いてくれる気がする。そう信じられる。

「……実は、お婿さんを……探しているんです」

「彼氏じゃなくて、結婚相手、ってこと？　伊藤さん、早くお嫁さんになりたいって考えてたんだ？」

「いえ、お嫁さんではなく……お婿さんがほしいんです」

「ん？」

聡が眉を寄せる。それはそうだ。こんな話、絶対にわかりにくい。

「わたしの実家、小さいですけど建設会社なんです。……今は、下請けとか解体業務が多いですけど……」

「知っている。イトウ建業だろう？　謙遜《けんそん》しなくてもいい、堅実な仕事ぶりに定評があるいい会社だ」

「ありがとうございます。ご存じだったんですね、わたしの実家のこと」

褒めてもらえたのが嬉しくて、つい声にハリが出る。理沙の調子が上がったからか、聡はホッとしたように微笑んだ。

「もちろん知っている。同業だし、そこのお嬢さんが入社するとなれば人事から情報は入ってくる」

卑屈に思われるのがいやで口には出さないものの、同じ業界とはいえレベルは天と地ほど違う。同業と表現してもらえるだけで嬉しい。

懐の深い優しさが、理沙の口をさらに開かせる。

「わたし、一人っ子なんです。おまけに女の子だし……」

「それで、婿、か」

さすが察しがいい。こうなれば話しやすい。

「理想があって。できれば実家の会社経営に関わって事業改革ができるような、野心だけじゃなくて実力が伴ったお婿さんがいいなって思ってるんです。贅沢《ぜいたく》かもしれませんけど、少しでも……ううん、昔以上に、会社に活気を取り戻してあげたい。……父の代で潰れる、なんて陰口、言われたくない……」

つい本音が口をついて出る。気をとり直して言葉を続けた。

「そのためには、やっぱり仕事ができる人というか頭がいい人で、行動力もある人じゃないと駄目だと思って……。勉強も就活も頑張ってゼネコンに就職したのも、大きい会社なら、そういう人に会える可能性も高いかなと……。すみません、打算的ですけど……。でも入社しただけじゃ出会いなんてないし、行動しなきゃって……」

「それで、合コン？」

「……はい」

嘘偽りはないものの、恥ずかしくなってきた。口に出して説明をすると、自分の行動が客観的に見えてくる。

なにをやってるんだろう。

婿探しと銘打って合コンに参加しまくっていたが、それは純粋に婿探しのためで他の目的はないとわかっているのは理紗だけで、はたから見ればただの合コン好きではないか。

男漁ってるなんて誤解をされるのも、当然だ……。

今日のような危険な目に遭ったのは初めてだった。いつもは「今回も駄目だな」と思った時点で帰っていたので、連れ出されるとか参加男性とふたりきりになるとか、お持ち帰り的なことは一度もなかったのだ。

今考えれば、運がよかっただけなのだろう。

「馬鹿だな……」

聡がハァッとため息をつく。言葉がそのまま沁みてきて胸が痛い。

「そうですね、馬鹿だなって自分でも……」

「目の前にいるだろう。理想の婿」

口が開いたまま、言葉が出なくなった。……知らず、胸の奥に隠しておいた願望を口走ってしまっていたのかなんて考えてしまう。

「仕事ができて頭がよくて行動力があって顔がいい。それ、まんま俺のことだろう」

「いや……あの……」

ひとつ、言ってない項目が付け加えられていたけれど、突っこむ余裕なんてない。

「伊藤さんとは社食でよく話すのに、なんですぐ言わないんだ」

「なんで、と言われましても……」

確かに理想的だ。そんなのわかりすぎるほどわかってる。けれど高嶺の花の常務に「理想の婿です」などと言えるはずもなく。

「よし、決まり。俺が婿になる」

「いや、決まり、じゃなくてぇっ」

焦るあまり慌てて立ち上がる。手元にあったとんすいがひっくり返りそうになり、さらに慌てて支えた。

「ななな、なに、なにを言って、なにを言ってるんですかっ。そんなこと、軽いノリで言うもんじゃありませんよっ」

「どうして？　伊藤さんが探していた婿の条件、俺以上に当てはまる男がいるか？　……ん～、当てはまるだけならいるかもしれないけど、伊藤さんの身近に、俺以外にいるか？」

「でも、でもですねっ」

「そんなに慌てるなって」

組んだ両腕をテーブルに置いた聡は、身体をかがめて上目遣いに理紗を見る。

「伊藤さんは、俺じゃいやか？」

イケメンの上目遣いという暴力に、言葉に詰まった。――いやなはずがない。むしろ最高だ。

(というか、なんでわたしと!? というか、今の告白ってこと!? いやいや、ないない。わたしなんてっ。一介の社員の、しかも父は社長だけど庶民だしっ)

婿、告白、高嶺の花、とワードがグルグルして頭が追いつかない。だが、現実的に考えて、彼は冗談でも「婿になる」なんて言っていい人ではない。

「あ、あの。いい、悪い、の前に無理ですよ。常務は、そんな選択はできない人でしょう?」

「ああ、そうか、引っかかるのはそこか。んー、確かにマデノを辞めるのは今は難しいかもな。伊藤さんがそうしてほしいならそうしてもいいけど。それでもなにかしら役には立てると思うし、マデノにいながら婿になるのは問題ないよ。全然気にしなくていい」

(無理です!)

気にしないでいられる問題ではないだろう。理紗の父はまだ若く元気だから、婿がすぐに会社を継がなくても問題はない。聡が早急にマデノを辞める必要はないとはいえ、肝心なのはそこじゃない。彼はマデノの常務で万里小路一族の御曹司だ。聡が理紗と結婚しても、万里小路家にもマデノにも有益なことはひとつもない。

セレブ層というのは、相手の家柄やランク、縁が繋がることで得られるものも結婚条件に入るものではないのか。セレブ層にしてみれば、理紗の実家ははっきりいって「庶民」に分類される。

「俺、三男だろう？　正直、万里小路家に期待はされていないんだ」

「そんなわけ……。だって、大きな商業施設やビル建設のプロジェクトをいくつもまとめて、レセプションやイベントも常務が指揮を執るものはいつも大成功で、社員には親しまれて人気があるし、取引先にだって……」

「それらはすべて〝常務としての仕事。万里小路家の息子として、日常的にできて当然の結果〟なんだよ」

「そんな……」

そんなわけがあるものか。挨拶をするとか明日の準備をするとか、日常生活の〝できて当然〟と一緒にしないでほしい。一緒にしていいものではないはずだ。

「万里小路家は祖父が最大の権限を握っている。祖父が期待をしているのは上のふたりの兄。だから、兄たちはいろいろと厳しくされて育った。そのぶん、昔から驚くほど優秀だ。おかげで俺は、さほど縛られることなく自由に育った。兄たちに比べると自由すぎた」

「常務だって、驚くほど優秀な人ですよ。仕事はできるし行動力はあるし、社内に常務を嫌いな人なんていません」

「嬉しいな。伊藤さんに『好き』って言ってもらえた」

「いっ、言ってませんけどっ」

「今、『社内に常務を嫌いな人なんていません』って言ってくれたろう？　嫌いじゃないってことは好きってことだ。そこには伊藤さんも含まれるよね？」

「そっ……それ、ズルイ、ですっ」

確かに入るが、理紗は人間として嫌っていないという意味で言ったのであって、聡が匂わせている「好き」とは違う。

意地を張らず正直になるのなら、……違わないのだが……。

「期待されてないとかなんとか言ったって、わたしが探しているのはお婿さんですよ。婿入りしてくれる人、です。そんなの許してもらえるわけがないじゃないですか。婿入りするってことは、相手の家に入るってことで……っていうのも古い考えなのかな、でも、ほら、苗字とかも変わるし。……あ、でも、旧姓のまま仕事をする人も多いですよね」

「苗字が変わる、それ最高！」

「は？」

「俺、万里小路って名前、好きじゃないんだよな。なんていうか字面や響きが偉そうだし、ふりがながなかったら、たいてい読んでもらえないし。『まりこうじ』とか『ばんりこうじ』だし。名乗れば必ず聞き返されるし。一般的な苗字じゃないから認印やスタンプ印にも既製品がないし」

背筋を伸ばし、聡は大きく息を吐く。箸を取り、話しこんでいたせいで鍋の中でくたくたになってしまった白菜や長ネギをお互いのとんすいへ分けていった。

「それに比べて〝伊藤〟はいいよ。響きは耳に優しいし、なんといっても既製品の認印があるっ。さすがは国内五本の指に入るほど多い苗字だ」

そんなことを感心されても、なんと言ったらいいかわからない。確かに多い苗字ではある。学生時代も、同じ学年に数人「伊藤」がいた。

「だいたい俺、マデノに就職することは決まってたけど、もともと現場に近い仕事に関わるほうが好きなんだよね。マデノは会社として大きすぎるから、その重役ともなればもうモノを作っている感覚と遠いというか。イトウ建業はその点規模として俺好みなんだ。というわけで、俺は喜んで伊藤姓になろうと思う」

「思う、って、そんな簡単に……」

どう言ったらいいものか。

（だって結婚って、夫婦になることで……一緒に暮らしたり、一緒に眠ったり……って、わ、わたしなに考えてるのっ⁉　憧れを口に出すのさえ憚《はばか》られる人と、そんなのあるわけ

ないっ）

考えることさえおこがましい。からかっているのだろうか。なのに、本当に彼が婿になってくれるならと、期待してしまう自分もいる。

（その気にさせないでくださいよ……常務）

聡が席を立ち、理紗の横に立つ。顔を上げると、テーブルに片手をついて首を傾けながら理沙を見おろしていた。

「理紗」

脳に閃光《せんこう》が走ったような衝撃。

いつもと違う呼びかた、聞いたこともない……しっとりとした声。

「俺じゃ、駄目か？」

先ほども同じようなことを聞かれた。しかし、にじみ出ている雰囲気がまったく違って、どう対処するべきか困る。

「俺じゃ、理紗の婿にはなれないのか？　それならどうしたらいい？　どうすれば俺を婿にしてくれる？　俺は理紗の婿になりたい。教えてくれ、理紗の好みの男になるから」

真剣な声で訴えながら、聡が距離を詰めてくる。自然と身体が後ずさり、とはいえ重い椅子なので座面をうしろに下がるだけだ。お尻が落ちかけるところまでずれても、さらに聡は詰めてくる。

「理紗は、俺が嫌いか？」

「待って待って待って、ちょっと待ってくださいっ、そんなに迫らないでっ！」

凄絶なイケメンに迫られるという一生に一度あるかないかの状況に耐えられず、理紗は両手を顔の前に出して男の色気オーラをブロックする。しかし座面をギリギリまで逃げていたお尻がズルッと滑り落ち……。

「ひゃっ！」

そのまま椅子から転げ落ち……るかと思った瞬間、聡に抱きとめられた。

「つーかまえたっ」

両腕で理紗の身体を支え、非常に楽しそうな声で微笑む。抱きしめるというロマンチックなものではなく彼の腕にぶら下がっているような体勢だが、距離はとても近いし、なにより背中を支えてくれている手の大きさと力強さが鼓動をどんどん大きくしていく。

「あの……放して……」

「放したら椅子から落ちるけど。婿にしてくれるなら引っ張り上げてあげる」

「なんですか、その条件はっ」

「婿にしてくれる？」

「もーぉ、粘り強すぎますよっ。だいたい、なんでそんなに軽く言えるんですか。わたしたち社食で話す程度の関係ですよ。そもそも平社員のわたしが社食で常務と話せることもありえないというか。それなのに……婿になるってことは、結婚するってことですよ？　結婚するってことは、夫婦になるってことじゃないですか。常務は、わたしと、その……そういうのになってもいいって言うんですかっ」

「いいよ。実はずっと理紗のこと狙ってたんだ。なかなか気づいてくれなかったけど」

即行で返ってくる答え。いやいや、そんなことないでしょ、今までそんな感じのアプローチをされた覚えはない、と思うが、胸がぎゅっとなって言葉になって出てこない。

「俺は、理紗と夫婦になりたい」

おまけに、ちょっとはにかんだ微笑みを向けられ、その破壊力に意地も戸惑いも焦りも、すべての感情が降伏した。

――憧れていた、高嶺の花にここまで言われてここまでされて、どうしてこれ以上の拒絶ができるだろう……。

「わかりました……」

張り詰めていたものがゆるみ、全身から力が抜けていく。本当は確認したり話し合ったりしなくちゃいけないことが山のようにある気がする。けれど、脳が許容量を超えていて、今は受け入れてとにかく楽になりたかった。

「わたしの……お婿さんに、なってくれますか？」

「もちろん、なる！」

テンションの上がった聡に抱きしめられ、落ち着いたばかりの戸惑いと焦りが恥ずかしさを連れて復活する。が、すぐに椅子に座らされ、身体が離れた。

「よし、今夜はお祝いだ。肉、追加しようっ。十皿くらい頼むか」

「一キロ超えます。そんなに食べられません。……ってか、お会計が怖いからやめてくださいっ」

「祝い事のときは景気よくいくものだろう。本当ならシャンパンタワーでも注文したいくらいだ。俺の払いだし、気にするな」

「いやいやいやいやいやいや、なしなしなしなしなしっ」

「どうして？」

（この！　お坊ちゃまはぁっ！）

心の中で叱り飛ばし、イチかバチかで彼を止めるための言葉を出す。

「普通は食べられるぶんしか注文しないいんですよ！　価値観の違いすぎる人はお婿さんにできません！」

けた。

「わかった。あとふた皿でやめとく」

あまりにもコロッと変わりすぎて呆然としてしまう。そんな理紗を見て、聡が顔を近づけた。

「理紗の婿になれなかったらいやだから」

軽く、本当に軽く、唇同士が触れる。

「奥さんの言うことは聞いとかないと」

満足そうに微笑んで肉の追加注文をする聡を、理紗は呆然としたまま見つめる。

（え？　唇……今、触れましたよね⁉）

触れたはずだが、聡がなにもなかったような顔をしているので確認しづらい。

かすかな感触だったはずのものが、いつまでも強く唇に残る。

――それが刺激的すぎたのか、そのあとに食べたＡ５等級和牛肉が味気なく感じた……。


聡の行動は早かった。

早かったというより、早すぎた。

ちょっと触れただけのキスに美味しさレベルを下げられてしまった肉を食べながら、

早々に両親への挨拶の日取りを決めてしまったのである。

「理紗のご両親に会ってから、次に俺の親。っていっても、俺のほうは軽くでいいから。明日か明後日、都合はどうか聞いてくれる？」

その場で実家に電話をして、母親に都合を聞いた。言いづらかったが「お婿さんが見つかったから、連れていく」と言うと「今すぐでもいいよ」と笑われてしまった。

どうやら、あまり本気にしてない様子だったが、聡にその旨を伝えると「今すぐ行こう！」と張りきってしまったのである。

店を出て伊藤家に到着したのは、二十一時もすぎたころだった。

まず、玄関で出迎えてくれた母親、由季子《ゆきこ》が呆気にとられて聡を凝視した。客間に案内しつつこっそりと「理紗っ、騙《だま》されてるとかじゃないよね」と焦っていたので、娘がイケメンの詐欺師に引っかかったとでも思ったのだろう。

そしてこの反応は、客間に入った際、父親の勇《いさむ》と、なぜかそこにいた幼なじみの宮本圭介《みやもとけいすけ》にも引き継がれたのである。

「はじめまして。万里小路聡といいます。こちらどうぞ。お口に合うといいのですが」

凛々しい笑顔で差し出した白い風呂敷包み。中身は、手土産として急遽《きゅうきょ》和食割烹で調達した、しゃぶしゃぶ用A５和牛肉五百グラムである。

「まあまあ、ご丁寧にどうも」

中身を知らない由季子は感じのいい笑顔を作っているが、見たら目を丸くするに違いない。父の誕生日でも出てこないような肉だ。

「万里小路……？」

その名前にいち早く反応したのは、もちろん勇である。

娘が連れてくるという婿がどんなものかと構えていた姿勢が崩れ、座卓の向こうから身を乗り出して聡を見る。

むしろ失礼なくらい見ている。これは説明が必要だなと察し、「お父さん、この人は……」と口を開くやいなや、それを遮ったのはなぜか勇の横に座っている圭介だった。

「おじさん、こいつ、マデノの常務だよ。ほら」

名前を検索したのか、自分のスマホを勇に見せている。おそらく聡が映った記事かなにかだろう。勇がスマホと聡を繰り返し交互に見ては、徐々に目を丸くしていった。

……それにしても、圭介の物言いは勇の態度より失礼だ。

「はい、理紗さんが勤めるマデノで常務の職を担っております。理紗さんとは社員食堂で一緒になることが多く、親しくなりました」

にもかかわらず、聡の爽やかさ、礼儀正しさといったら。

育ちのよさがにじみ出ている。父と幼なじみの無礼が恥ずかしい。

スマホを引っこめた圭介が、キッと鋭い眼光を聡に向けた。

「つまりあんたは、社員に手をつけたってことだな？　おーおーおー、マデノのコンプラどうなってんだ？」

失礼や無礼どころじゃない。これは完全に喧嘩《けんか》を売っている。理紗は座卓に両手をついて腰を浮かせた。

「ちょっと圭介、失礼でしょう。だいいち、なんであんたがここにいるの⁉」

「悪いか。おじさんと酒飲んでたらおまえから電話がきたんだよ。婿を連れてくるっていうから、どんなやつを連れてくるのか見てやろうと思って待ってたんだ」

「圭介に関係ないでしょうがっ」

「あるっ！　オレは、おまえが赤ん坊のころからオムツを替えてやってミルクを飲ませてやって、おんぶをして近所を散歩した男だ。つまりは第二の父親みたいなもんだろう！オレの許しなくして理紗の婿になれると思うな！」

「すごい暴論なんですけどっ」

「だいたいな、おまえがでっかい会社の常務を捕まえてくるとか、おまけにこんなどこぞのホストより顔がいい男を連れてくるとか、なにかの間違いとしか思えねーだろうっ！

理紗！　おまえ騙されてんじゃないのか？　目を覚ませっ」

「ほんっと、口の悪い男だね！　失礼って言葉知ってる？　漢字書ける？」

「おおっ、湿るに幽霊の霊だろう？」

「土左衛門かっ。アテ字にもほどがある！」

売り言葉に買い言葉で不毛な言い争いをしているあいだにも、勇は目を丸くして倒れそうになっているし、由季子は「あらあら」とのんきに笑っているし。

（ああああ～～～、こんなんじゃ常務も呆れて帰っちゃうよ。婿入り話は白紙かなぁ）

数時間だがいい夢を見させてもらった。そんな諦めがよぎったとき、隣から凛々しくもおだやかな声が発せられた。

「お父さんも、第二のお父さんも、ご心配なのはわかりますが私は騙したわけでも間違ったわけでもありません。ただ、理紗さんを愛しているから、彼女の婿になってともに生きたいと思っただけです」

これ以上に、説得力のある言葉があろうか。

雀《すずめ》の千声、鶴《つる》の一声。

まさしく、聡という鶴が、価値のあるひと言で場を収めた瞬間だった。

即婿入り白紙になりそうだった、両親にご挨拶イベント・伊藤家編。

最初はどうあれ、鶴が決めゼリフを発してからは、ぎこちないながら歓迎ムードに転じていった。つきあってもいなかったのに投下された「愛している」発言には、理紗も無言になってしまった。いつの間にそんなにも情熱的に好かれていたのだろうか。思い当たる節がなさすぎて怖い。もしかして両親の前だから言っただけであって、夢かもしれないから自惚《うぬぼ》れないようにしたほうがいいのかもしれない。

などと笑顔の下でいろいろ考えこんでいる理紗をよそに宴会は進み、一時間も経ったころには、聡は勇と笑いながら映画の話をしている始末。それも勇が好きな昭和時代の仁侠《にんきょう》映画だ。聡が詳しく感想を語るので、話が合って嬉しくなった勇は超ご機嫌である。

よほど気分がよかったのか十分おきに酒を勧めてくる。そのたびに「車で来てるんだから駄目、お父さんしつこいよっ」と理紗が止めた。

本当にこの映画シリーズが好きなのかをコッソリ聞いたところ、取引先の重役と世間話をするのに役立つから、古い映画はほぼ観ているという。

確かに高齢の重役や役員は多いだろう。

仕事のため、相手に合わせて話題にも気を使わなくてはならない。……役職付きの御曹司も大変だ。

由季子は由季子で白い風呂敷包みを和菓子だと思っていたらしく、「お茶請けに出そうと思ったんだけど、どうしよう、焼いてお出しする？」とヘンなことで困っていた。……これでもかというほど食べてきたので、当然止めた。

圭介は圭介で鶴の一声にすっかりアテられてしまったらしく、勇の横でおとなしく日本酒をすすっている始末。

気分がよすぎて「泊まっていきな。ふたりぶん布団出すから」ととんでもない提案をする勇を窘《たしな》め、二十三時近くにやっとご挨拶イベントは終了したのである。

「すみませんでした……常務」

伊藤家を出て、理紗のアパートへ向かう聡の車の中。助手席にちょこんと座り、いつも以上に小さくなる。

「なんか、うちの親、変にハイテンションで……」

「どうして謝る？　俺はすごく楽しかったのに」

「おまけに関係のない人間まで同席するし」

「それなんだけど……」

車が横道に入り、路肩で停まる。ハザードを上げたのでどうしたのかと思ったら、シートベルトを外した聡が理紗に詰め寄ってきた。

「第二のお父さんは、本当に第二のお父さんなだけ？」

「はい？　いや、お父さんでは……ないですが……」

圭介は三十二歳。理沙より七つ年上なだけだ。お父さんでは、断じて、ない。

「すっごく仲がいいから、ものすっごく気になったんだけど」

「仲は……ん～、そうですね、いいですよ。わたし一人っ子じゃないですか。圭介は五人兄弟の末っ子で、上はお兄さんばかりなんですよ。弟か妹がほしかったらしくて、だからわたしのこと、妹というか本当に娘みたいに世話してくれたんですよね」

勇と圭介の父親は親友だ。圭介の父親はイトウ建業で総務を仕切っている部長で、圭介もイトウで働いている。

「圭介君が……理紗のことを好きだとか、ない？」

理紗は目を大きく見開く。――目の前のイケメンが、……照れている。

「理紗はかわいいから、実は好きだったとか、ないかなと思って」

胸がぎゅんぎゅんする。照れたイケメンのちょっと拗《す》ねたような真剣な表情。心臓が止まりそうだ。

（ってか、止まる！　こんなのっ！）

すごいものを見てしまっている気分。はたしてこれは独り占めしてもいいものなのだろうか。天罰が下ったらどうしようとまで考える。

「それは……絶対と言っていいほどないです……」

「本当に？」

「圭介の好みは、背が高くてバーンとした身体つきのセクシーな女の人なので。なにやらいいとこのお嬢さんとつきあっていたと聞いたことがあります」

「理紗だってバーンと……いや、でも、実は理紗の初恋だったとか、ない？　ほら、よく聞くだろう。小さなころにそばにいた幼なじみのお兄ちゃんが初恋、とか」

「まったくないですね。というか、常務、どこからそういう情報を仕入れるんですか」

「昔読んだ少女漫画」

真面目な顔で少女漫画を読むイケメン。想像したいところだが、圭介が初恋だったのではというとんでもない誤解を解きたい。

「現実は漫画ほどロマンチックじゃないんです。ないったらないです」

「本当に？」

「そんなに疑わないでくださいっ。なんなんです？　ネチネチしてますよ。常務らしくない」

するると、ひたいをツンッとつつかれた。

「やきもち焼いてるんだよ。あんまり仲がよかったから」

(やきもち⁉　常務が⁉)

こんなことがあってもいいのか。みんなの憧れの常務、社員食堂で話せるだけで幸せで、どんなイケメンを見ても無意識に聡に軍配を上げていた。婿候補に入れることさえできないほどの高嶺の花。そんな彼がやきもちを焼かせるならわかるが、焼く側になるなんて。

(それも、わたしに……)

こんな現実があるだろうか。いまだに信じられない。彼の眼差しを受け止めたまま動けないでいると、顔が近づき……。

――唇が、重なった。

軽く押しつけられ、離れる。数時間前のキスよりは密着度が高く、理紗は目を見開いて聡を見る。

「わかってくれる？　理紗」

「は……はい……」

返事をする以外、なにを言えるだろう。

「……常務に、やきもちを焼いてもらえるなんて……、すっごく贅沢な立場になってるって、わかります」

「自分の奥さんが、他の男と親しくしていたら嫉妬《しっと》するのは当然だろう」

「奥さん……」

少しずつだが、やっと実感が湧いてきた。

（わたし……本当に常務と結婚するんだ……）

婿になると言われたときは、夢のような話ゆえにどこか現実的ではなかった。

実家で両親プラス自称第二の父親に会ってもらって、やきもちを焼かれて……。「奥さん」と言われて。

顔が熱くなってきた。薄暗い車内では気づかれないと思うが、聡の視線にドキドキして顔をそらしてしまう。すると、頬に彼の手が添えられるのを感じて小さく震えた。

「なにを照れている？」

「あ……すみません……。いろいろ、慣れるようにします……」

「初々《ういうい》しくてかわいいよ」

また顔の温度が上がった。頬をさわられているので、この変化に気づかれているだろうと思うとさらに恥ずかしくなる。

「そうだな、とりあえず、いつまでも俺のことを『常務』じゃ……ちょっとね。名前で呼べるように慣れてくれ」

「名前……」

「特にふたりきりのときには『常務』とは呼ばないこと」

「は、はい……」

「ダーリン、でもいいよ。俺もハニーって呼ぶから」

「名前で呼びますねっ。呼べるように慣れますっ」

「ダーリンとかハニーとか、いいと思うんだけど。つきあいのある海外企業のＣＥＯ夫婦がそう呼び合っていて……」

「ここは日本ですのでーっ。そんな呼びかたをしているところを父に聞かれでもしたら、びっくりして倒れちゃいます」

必死に止める。父を引き合いに出すと、聡はハッとした顔を見せた。

「そうだな、お義父さんを驚かせてはいけないな」

あっさりと引いてくれたことにホッとして、理紗は上目遣いに聡を見る。

「聞きわけがいいじゃないですか」

「婿だからな」

なるほど。

聡がなにか無茶を言ったら、父は使える。

運転席に座り直し、聡はスーツの襟を引いて気合いを入れた。

「よし、伊藤家のほうは上手くいったから、次は俺のところだな。さっさと済ませてさっさと結婚しよう」

「やっつけ仕事感がありますよ。さっさと、って」

「俺のところはさっさとでいい。早く済ませて、明日にでも婚姻届を出したいくらいだ」

それはさすがに急ぎすぎだ。苦笑いで聡を見ていると、素早く唇にキスをされた。

「早く理紗の婿になりたいから」

不意打ちのキスに言葉が出ない。

本日三度目。どうしてキスをするのかと聞いてしまいたいが、「したいから」とか「婿だから」とか胸を張って言われそうだ。

収まったはずの頬の熱が帰ってくる。聡がクスリと笑った気がしたが、目を向けたときには彼は前を向いて車を走らせていた。


その後は、不思議なくらいスムーズに進んだ。

次の大きなイベントは理紗が万里小路家に挨拶に行くもの。

……のはずだったが、伊藤家に行った翌日、いつもの昼休みに社員食堂へ行こうとすると常務室へ呼ばれ、「昼休みのあいだにチャチャっと済ませてしまおう。心配するな。大丈夫だから」と社長室へ連れていかれた。

そこには社長をはじめ、副社長、専務、そして社長夫人、海外へ行っている会長がリモート参加という錚々《そうそう》たるメンバーがそろい、聡の婿入り宣言がされたのである。

正直、針の筵《むしろ》状態を覚悟したが、聡が言うとおり〝大丈夫〟だった。

ニコニコする兄ふたり、「娘ができて嬉しいわぁ」と喜ぶ万里小路の母、「まあ、いいだろう。好きにしなさい」と理解がありすぎる万里小路の父、「ひとまず好きにしなさい」と〝ひとまず〟許可を出す万里小路家最高権力者。

「大丈夫だっただろう?」

報告をしてすぐに退散し、気楽に笑う聡だが、理紗は生きた心地がしなかった……。

「社食でランチしながら挙式の予定でも立てようか。俺は入籍だけでもいいんだけど、理紗のウエディングドレス姿は見たいし」

話が……どんどんどんどん進んでいく……。

「レストランウエディングでもいいと思うんだけど、どう思う?」

どんどんどんどん……どんどんどんどん……。

「新婚のあいだくらいはふたりで暮らしたいな。そのほうが遠慮なくベタベタできるし。広い二世帯住宅、婿入り道具のひとつとして用意するつもりではいるんだけど」

理紗の考えが及ばないスケールで広がっていく。

（頭がショートしそう……）

しかしここまできてしまったらあとには引けない。引くつもりもない。

聡と一緒に、理紗もどんどん準備を進めていった。

挙式はレストランウエディングを選択。出席者は親族のみ。

日にちは――二週間後。

新居を選ぶ時間もないので、聡のマンションに理紗が引っ越す。

彼は閑静《かんせい》な高級住宅街に建つ３ＬＤＫの低層マンションで、ひとり暮らし。理紗が転がりこんでもまったく問題はない。

ふたりともマデノでの仕事は続ける。特に聡は、婿になりますといってもすぐにマデノを去れる立場の人ではない。それでも、問題なくできることには関わっていくし、ゆくゆくは理紗と一緒にイトウを切り盛りすると約束してくれた。

会社では公表は特にせず、知られたらそのときはそのときになんとかしよう、というスタンスでいくことにした。
ただ、もちろん理紗の合コン参加は打ち止め。
今後は数合わせであっても禁止となったのだ。
——そして本日。ささやかながら聡と理紗の結婚式が執り行われ……。
初夜と、相成った。

第二章　高嶺の花と新婚初夜

結婚式は、小規模に抑えたながらもとても華やかで充実していた。

西洋風のお屋敷を改装したレストランは、隠れ家的な雰囲気で都会にありながら喧騒から隔絶されていた。

併設された小さなチャペルで挙式をしたあとに、レストランで披露宴パーティーと顔合わせをかねた両家食事会が催された。

親族、というか、家族だけのお祝い。新郎新婦より緊張していたのは勇だったろう。なんといっても大手ゼネコンの社長、副社長、専務が同席している。会長はまたリモート参加だった。

副社長である長男が勇に話しかけ、またもや昭和の仁俠映画の話題で盛り上がっていた。おかげで緊張も解け、自分のほうから万里小路の父に挨拶にいったくらいだ。

長男は気遣ってくれたのではないか。人の心を摑むのが上手いのは聡と同じだ。

由季子と万里小路の母は、どこか雰囲気が似ているせいか話も合うようで、最初から最後まで女ふたりでおしゃべりをしていた。

披露宴がお開きになるとホテルへ移動。敷地の隣がすぐ高級ホテルの裏庭になっている。レストランウエディングを申しこむと、オプションでスイートルームの用意もしてくれるのだ。

もちろん、聡がしないわけがない……。

新郎新婦スタイルのまま部屋に入れるということで、ノリノリの聡にお姫様抱っこをされながら入室する。ベタなほどの新婚さん。

ドレスを脱ぐのに少々苦労したものの、それぞれ入浴し、ベッドルームに入り……。

今に至る——。

「はふぅ、ぅンッ……」

口で息をしているだけなのに悩ましい音が漏れる。新婚初夜、大きなベッドでお互いバスローブ姿のまま軽く重なり合い、キスを続けてどのくらい経つだろう。

表面をなぞり、食むように唇を挟まれたり、押しつけられたり。

「どうした、苦しい?」

囁《ささや》きながら触れる唇。苦しくはない。聡は理紗がちゃんと呼吸できるよう配慮してくれている。むしろ、唇の表面が触れるたびに唇の上でなにかが弾けるような刺激が強くなって、心地よさが生まれているくらいだ。

「胸……苦しい……」

それでも「苦しい」と言ってしまうのは、大きくなる鼓動が胸を圧迫するから。

「苦しい？　ここ？」

聡の手がバスローブの胸もとの合わせに触れる。ビクッと上半身が震えると下唇を舌でなぞられ、か細くて情けないうめき声が漏れた。

「ドキドキしてる」

合わせに挟まった手は胸の谷間に押しつけられる。鼓動が伝わっているのだろう。こんなに落ち着けないのは自分だけかと思うと恥ずかしくて、閉じたまぶたに力が入る。聡の声には余裕さえ感じるのに。

身体の横に伸ばしていた右手をとられ、指先が彼のバスローブの生地に触れた。

「理紗、目を開けて」

こわごわまぶたを上げる。目と鼻の先には蕩《とろ》かされそうな眼差しを落とす聡の顔、そして、理紗の手は聡の胸元に、バスローブの合わせ部分に当てられていた。

「あ……」

とっさに手を引こうとするものの、シッカリと掴まれていて動かせない。そのままバスローブの中に入れられ彼の素肌に触れた。

恥ずかしさのあまり指を広げて浮かせてしまう。しかし夫婦になるのにこんなことではいけない。あたふたする理紗を見つめ、聡はフッと微笑んだ。

「ちゃんとさわれ。……俺も、ドキドキしているから」

口調の優しさに安心して、張っていた指の力を抜く。手のひらに聡の体温が広がった。

(……ドキドキ……してる)

肌の感触とともに伝わる鼓動。どくんどくんと速いペースで脈打っている。

「緊張しているのは、自分だけだと思った?」

「だって……余裕な顔、してるから……」

「かっこつけたいんだ。奥さんに、かっこいいって思ってもらいたくて」

「なんですかそれ」

クスッと笑ってしまう。聡がそんなことを考えるなんて、想像できない。

「聡さんは、いつでもかっこいいですよ」

ちょっと恥ずかしい。それでも、かっこいいと思ってもらいたいなんて言う聡が、……かわいく思えてしまった。

「本当にかっこいい？」

「はい」

「本当に本当？」

「本当ですってば」

ひたいをくっつけて、まるで駄々っ子のように詰め寄る。それがおかしくて小さく笑っていると「よかった」と甘く囁いた唇が重なり、笑い声を止めた。

無防備にゆるんでいる唇のあわいから厚みのある舌が滑りこんでくる。予期せぬ侵入に驚き、とっさに舌を奥まで引っこめてしまう。

聡の舌は躊躇《ちゅうちょ》なく理紗の口腔《こうこう》を探る。こんなキスは初めてなのに、まるで見知った場所であるかのように巧みに動き回った。

シッカリ歯磨きをしておいてよかった。よけいなことを考えつつ口腔に広がるかすかな甘みに意識が惹きつけられる。聡から伝わってくる甘み。これはなんだろう。

無味の空間に陽炎《かげろう》のように広がる甘味。妙に愛しくて唇をパクパクと動かした。

「ん？　理紗、積極的」

「……甘くて美味しい」

「俺のキス？」

「ん……」

「よし、じゃあ、もっとしてやる」

吸いついてきた唇に、虚をつかれて舌をさらわれる。彼の口腔に招かれてしまった舌は今までにない密着度で舐《な》め回された。

舌を刺激されると不思議な気分になる。口の中が甘く痺《しび》れて力が抜ける。唾液が嚥下《えんげ》できず、熱が溜まって蕩けてしまいそう。

「ふ……ンッ、ぅ」

口で息ができなくなってきて鼻息が荒くなる。切なく甘えたように鳴るので、なんだかおかしな気分になってきた。

バスローブの腰紐《こしひも》が解かれる気配。胸元に入っていた手が動き、大きく前身ごろを開かれた。

「んっ、ンぐっ」

慌ててくぐもった声が出たとき聡に強く吸いつかれ、舌と一緒に唾液も吸い取られていく。彼の手は止まることなく胸のふくらみを脇から寄せ上げ、大きく揉み回しはじめた。

手を広げ、指の一本一本が弾力を確かめるように白いふくらみに喰《く》いこんでいく。自分の胸をこんなふうに動かされるなんて想像もしたことがなく、理紗は新鮮な刺激にドキドキするばかりだ。

揉みながら上下にゆすられ、胸から広がってくる甘い刺激に呼吸が追いたてられる。口の隙間や鼻から漏れる息が、もはや呼吸ではなく媚《こ》びたうめき声のようになってきた。

「ン、んァ……ぅぅん、ハァ……あっ」

胸のふくらみ全体がジンジンしてくる。熱を持ってもどかしさが募り、理紗は思わず背を軽く反らして上半身を波打たせた。

「胸、揉まれるの気持ちイイ?」

唇がゆっくり離れ、大きく口で息をする。しかし胸の刺激のせいか、か細く切ない声が漏れてしまった。

「ハァ……あっぁ……なに、聞いてるんですかぁ……」

「揉まれたら気持ちイイか聞いている。俺は婿だからな。奥さんにたくさんご奉仕して気持ちよくなってほしいから、どうされると気持ちイイのか、シッカリと知っておかないと」

「そんなの……いいですよぉ、ハァ……」

婿としての使命感に燃えすぎではないか。というか婿ってそういうものだっけ、と思いつつ、質問をはぐらかすように答えた。なにをされたら気持ちイイかなんて、そんなこといちいち口に出すのも恥ずかしい。

「ま、理紗の反応を見ればわかるけど」

ふくらみに喰いこむ指を狭め、きゅうっと頂を絞る。理紗が大きく震えたのにも構わず、聡は両の頂を二本の指でつまんでぐにぐにとこねた。

「あっ、あ、ぁ……ダメェ、ぁぁんっ」

「かわいい声。普段の声もかわいいけど、こういうときのは格別」

「あっ、ンッ、胸……ぁぁ」

両胸の先端が、赤くぷっくりとふくれて自己主張をする。自分の乳頭がこんな姿になってしまうなんて知らないし、こねられるとこねられただけもどかしさが大きくなって、自分の胸なのに別のものになってしまったよう。

「硬くなってる。美味しそうだ」

「な、なにが……ぁぁっん！」

赤くふくれた突起に聡の舌が絡みつく。唇で挟んで甘噛《が》みしては、ちゅうっと吸いついた。

彼の舌がまとわりつくそこが、しっとりと濡れて淫靡《いんび》な様を見せつける。それがすごくいやらしくて、腰の奥がじわっと熱を持った。

自分の身体をいやらしいと感じてしまうなんて。また、それをいやだと思わないなんて。

「ああっ……そんな、に、舐めちゃ……ぁうンッ」

胸の先端が飴玉《あめだま》のように転がされているのがわかる。聡の舌が奔放《ほんぽう》に動き、ぴちゅぴちゅとどこかかわいらしさを感じさせる音をたてる。

それが自分の胸で奏でられているのだと思うと、かわいいけれど恥ずかしいという、なんとも表現しづらい感情でいっぱいになってきた。

「ダメェ……ジンジンして……あぁぁんっ」

「ジンジンして気持ちイイ？　こっちもしようか」

反対側の先端に吸いつき、同じように舐《ねぶ》り回す。今まで嬲《なぶ》られていた赤い果実は三本の指でつままれ、擦るように擦り潰された。

「あぁぁ、やっ、やだぁ……ァンッ」

力が入れられているのか軽く痛感のようなものが走る。それなのに、痛い、という情報が脳に届く前に違う感覚にすり替わって、心地よい微電流が広がっていく。

もしかしたら、これが聡の言う「気持ちイイ」なのではないか。

乳頭から大きく乳房を咥《くわ》えこみ吸いつきながら口を動かされると、本当に食べられてしまいそう。「美味しそう」と言ってくれた言葉を思いだし、昂《たか》ぶりもあいまって「美味しい?」と聞きたくなってしまう。

「ぁあんっ、食べないでぇ……ぅンッ」

じれったいようなもどかしさで肩が上下に揺れる。それと一緒に両脚もうごめいた。

さわられているのは胸だけなのに、なぜか下半身までむずむずする。特に脚のあいだに引き攣《つ》るような刺激があって、どうにも黙っていられない。

「食べる。入るなら全部口の中に入れたい。柔らかくて甘くて最高」

ポンッと音をさせて聡が胸から口を離す。おかしくなって、ちょっと笑ってしまった。

「入るわけがないじゃないですかっ。怖いです」

「口が大きくてなんでも吸いこんで食べる丸いピンクのゲームキャラがいるだろう? いまだけそれになりたい。そうしたら理紗を体内に吸いこめる」

真剣がすぎる顔で、そんな冗談は言わないでほしい。

「……あれって、食べてるんじゃなくて吸いこんだものをワープさせてるだけですよ。わたしをどこに飛ばす気ですか」

「じゃあ駄目だ。今の口の大きさで我慢する」

胸のふくらみのあちこちに吸いつきちゅっちゅと音をたてる。頬をすりつけ、嬉しそうに谷間にうずまる聡の顔。……なんとなく、かわいい。

「はあー、理紗の胸、最高」

しみじみとした口調。

……もしかしたら、女性の胸部がとても好きな属性なのだろうか……。

「……胸ばっかりさわって、やらしいですよ聡さん」

「え？　理紗にさわっていやらしくならないとか、ないだろう」

「それは……まあ、嬉しいですけど……」

「理紗だっていやらしくなってるくせに」

「なにが……、あっ！」

ビクッと全身が震える。聡の手が脚のあいだに伸びてきたのである。

「ずっともじもじしていたから、かなり切ないんだろうなって思っていた」

恥丘を軽く撫《な》で、そこから続く裂け目に指が潜りこんでいく。思ってもいなかったほど滑りのよい感触が恥ずかしさを大きくしていくものの、上下に擦り動かされる指が羞恥以上のものを生み出していく。

「あ……ぁぁあんっ」

「こんなに濡らして。よっぽど気持ちがよかったんだな、胸」

「あっ、あ。だって、聡さん、が、ぁぁっ……いっぱい、さわるから……あっあ、やっ、ぁぁん」

「仕方がないだろう。理紗の胸、むちゃくちゃ気持ちいいんだ。さわってるだけで俺がマズイ状態になりそうだったからやめたけど、許されるなら一週間くらいずっと揉み続けたい」

「もぉ……そんなことばっかり言って……ぁぁんっ、ン」

「……念願だったし」

「え……？　ああっ！」

静かな口調が気になって聞き返すものの、陰唇をぐちゅぐちゅと掻いていた指が入り口を不意に広げた気配がして大きく腰が飛び上がった。

その驚きのせいで、彼がなにを言ったのかも気にならなくなってしまう。目を大きくしていると、聡に苦笑いされた。

「指、入りそうになったけど入れてないから大丈夫。というより、指でそんなにびっくりするな。俺が入るときにショック死しそうで怖い」

「し、しませんっ」

「そうだな」

片方ずつ膝を立てられ左右に開かれる。聡がそのあいだに身体を入れ、閉じることができなくなってしまった。

「ショック死しないように、よぉーく慣らしてやるから、安心しろ。大事な奥さんに、『初夜は痛いだけでした』なんて言われたくない」

「そんなこと……」

「婿の意地に懸けて、気持ちよくなってもらいますよ。奥さん」

どんな「婿観」だ。そんなの聞いたことない。心は悪態をつくが、間違いなく胸がきゅんっとした。

まさか聡に、高嶺の花だった彼に、そんなことを言われる日がくるなんて……。

広がった太腿《ふともも》の中心に聡が顔を落とす。

「あっ、そこ……は」

「大丈夫。恥ずかしくないし汚くない。俺の奥さんは、丸呑《の》みしたいくらい全部が綺麗」

すっかり気持ちを読まれている。自分でも見たことがないような場所を見られてしまうのは恥ずかしいし、入浴したあとであっても躊躇はなくならない。

それを聡は、綺麗だと言ってくれる……。

恥ずかしい場所に、もっともみっともない姿を見られたくない人の唇が当たっている。

そこで声を出されると吐息が当たって、それだけで秘された部分が痙攣《けいれん》した。

「あっ……」

反応したのをごまかそうとするかのよう、反射的に聡の頭に手を添える。彼の髪の毛が指に絡んだだけでドキリとする。

（聡さんの髪……、思ってたより柔らかい）

思えば、入浴後で洗いっぱなしの髪を見るのも初めてだった。初夜の緊張で意識がいかなかったが、そんなレアな権利を得たのはすごいことではないのか。

婿、結婚、という言葉を頭ではわかったつもりでいた。ここにきて、やっとその言葉が実感できてきたような気がする。

「聡さん……」

そう思うと愛しさが増してくる。

――この人と、結婚したんだ……。絶対に手が届かないと諦めていた、高嶺の花と。

すうっと気持ちが楽になる。まるで憑《つ》きものでも落ちたかのよう、透き通った清々しさが胸を満たした。

聡にもそれが伝わったのかもしれない。キスをするように唇が触れていただけの秘部に、ねっとりと厚い舌が絡んだ。

「あンッ……！」

刺激がストレートに沁みてくる。脳にまで回ってくる感覚だが、つらくはなく、むしろゴムボールを当てられたようなぽわんとした心地。

じゅくじゅくと音をたてて、聡はあふれ出たものを吸おうとする。その唇の動きが刺激的で腰の奥が疼《うず》きっぱなしだ。

潤いはきっと吸い尽くされてはいない。身体の奥のほうからあたたかいものが流れ出してくるのを感じるから。

「ぁ……ハァ、あっ、んん、ダメ……そこぉ……」

「うん、すごくイイみたいだ。びっちゃびちゃ」

「おかしな言いかた……ぁアンッ……！」

刺激を加えられるとすぐに反応してしまうので、文句も言えない。しかしそれをいやだとも思わない。

愛液をまとった舌が恥丘のふもとに移動してくる。なにかを囲むように回したあと、その中央を舐め上げ舌先であやしていく。

「あぁぁ、やっ……あっ！」

今までにない刺激が駆け抜け、無意識に腰が浮く。不覚にも聡の唇に秘部を押しつけてしまい、ここぞとばかりに吸引された。

「あああぁんっ……そこ、ダメェ……」

感電したかのような痺れ。けれどそこから未知の愉悦がにじみ出してくる。痺れは一瞬だけ痛みを伴い、その痛感が熱い疼きに変わり、――弾ける。

「やぁぁんっ、ヘン……なるぅ――！」

なにかが爆《は》ぜる感覚が怖くて、とっさに聡の頭を摑んだ。引き離そうとしたのか叩こうとしたのか自分でもよくわからないが、結局髪の毛を握っただけだった。

脚のあいだに力が入って秘裂がびくびくする。恥ずかしいのに止められない。

「ヒクヒクしてる。かわいい」

それなのに、聡は嬉しそうに理紗の反応を褒め、大きな音をたてて蜜口をすすった。

自分では制御できない部分に、さらに加えられる刺激。弾けたはずのなにかが、また大きな気泡になってそこに溜まっていく気配がする。

「はぁ、ああっ！　や、やっ、溶けちゃ……」

舌に嬲《なぶ》られているところから熱く蕩けてしまいそう。ずくずくした疼きでいっぱいになって、なにをされてもいいからこのもどかしさから逃がしてほしくなる。

上半身を悶《もだ》え動かしながら、聡の頭に置いた手で髪の毛を掻き混ぜる。両腕のあいだに寄せられた胸のふくらみに聡の手が伸び、左右交互に揉みたくった。

乱暴にも感じるその動きが、理紗を欲して余裕がなくなっている様をありありと伝えてくる。憧れ続けた彼にこんなにも求められていることが、夢心地な悦《よろこ》びを生み出した。

「ああっ、んっ、さとしさっ……ァッ、好きぃ……」

頭も心もふわふわして、どんなことでも口にできそう。

ずっと胸にしまっておかなくてはと思っていた言葉も……。

「好き……ぁっ、ぅんンッ、ぁぁ……」

心のままに言ってしまえるのは、なんて気持ちのいいことなのだろう。うっとりとした陶酔感が脳に回ったとき、聡の吸引が激しくなり一気に上り詰めてしまった。

「あああっ！　ひゃぁぁんっ——！」

悲鳴のような声だったが、鼻にかかったトーンで甘ったるい。とっさのことだったとはいえ、どこかあざとさがあった気がして照れくさい。

「ヘンな声……出ちゃった……」

かわい子ぶっていると思われたくなくて言い訳が口をついて出る。すると、大きく息を吐きながら上半身を起こした聡が勢いよくバスローブを脱ぎ捨てた。

「ああっ、ほんっと、理紗はっ！　むっちゃくちゃ滾《たぎ》った！　今の言葉、忘れるなよ！」

「え……？　あの……」

今の言葉、とは。「ヘンな声……出ちゃった……」のことだろうか。

（ヘンな声で、滾るの？？？？？）

頭の中にクエスチョンマークが羅列する。

ああいう種類の声が好みなのだろうか。たとえるなら、ギャルゲームの女の子キャラが迫っているときのような甘え声だった気がする。

聡はいろいろなゲームに手を出しているようなので、ああいうのも嫌いではないのかもしれない。

（ありがとう。ギャルゲー。おかげであざといとか思われなくて済みそう。よかった）

理紗がどうでもいいことを考えているあいだに、聡は避妊具を手に取っていた。

用意をして覆いかぶさってきた彼と目が合い、ドキッとする。

「でも、嬉しいな。俺も好きだよ」

「え……」

「理紗に『好き』って言ってもらえてすごく嬉しい。いつ言ってくれるかなって思ってた」

「あ……あれはっ」

心地よさに負けて口にしてしまった言葉に、急に恥ずかしくなった。おまけに聡からも

「好きだよ」の言葉をもらってしまい、「愛してる」とはまた別の嬉しさを感じる。

（本当にわたし、常務……聡さんに好かれてたんだ）

いまさらながら実感できたとき、広げられた脚の中央に熱いものを感じて身体が震えた。

「抱きついて、理紗」

優しくおだやかだけれど、少し余裕のない口調。言われるまま聡の背中に両腕を回す。

男の人の裸の背中にさわるなんて初めてで、どこに手を置いていいかさえ迷ってしまう。

彼の体温が伝わってきててのひらが幸せだ。

「二回もイってくれたし、受け入れやすくなってるとは思うけど、あんまり痛かったら怒って」

「お、怒る？」

「うん。婿が生意気だぞ、って」

「そんなこと言いませんよ。……痛くても、聡さんのせいじゃないです」

いや、挿入しなければ痛くないのだから、しようとしている聡のせいではないだろうか。

というか聡にとって婿ってどんなイメージなんだろう……と疑問が渦巻くが、そんなことを聞ける雰囲気ではない。

聡は理紗のひたいにキスをすると、ひたい同士をくっつけた。

「嬉しいよ」

「……ふっ、ウッ！」

大きな塊を当てられていた部分が強く押され、小さな入り口がぐにっと広げられる気配を感じる。とっさに声が出そうになり口が開いた。

「――俺を婿に選んでくれて、ありがとう」

「……！」

息が止まる。声をあげてはいけないと心が叫ぶ。

こんなにも嬉しそうに、こんなにも泣きそうな顔で、理紗のほうが嬉し泣きをしそうなことを言ってしまうお婿さんに、「痛いから叫んだ」といっているような声を聞かせてはいけない。

無理やり唇を引き結び、奥歯を噛みしめる。脚のあいだの異物感が圧迫感とともに大きくなっていった。

「ん……んっン……」

じりじりと聡が腰を進めてくる。ずっと理紗の顔を見つめているし、つらそうな顔を見せてはいけないと思うけれど、やはり破瓜《はか》の痛みには抗えず眉が寄り両脚にも力が入った。

ふと、聡も同じような表情をしているのに気づく。眉が寄せられつらそう。

「理紗……」

息を詰めた囁き声。引き結んだ理紗の唇にキスをして、唇の表面を舌でなぞる。くすぐったくて、あたたかくて、……気持ちがいい。

「痛いか？　ごめんな」

優しく気遣ってくれる気持ちに触れて、涙が出そうだ。

違う。こんなことを言わせたいんじゃない。彼の気持ちに報いたいのに。

「もう少し、奥まで……。理紗を感じさせてくれ。理紗の中に入れて……嬉しいんだ」

（嬉しい……？）

聡が嬉しいと言ってくれる。それなら、理紗だって嬉しい。

考えてみれば、婿探しの話を彼にすることがなければ、聡と夫婦になって身体を重ねるなんて機会はなかっただろう。

憧れていた、好きだけど最初から諦めていた高嶺の花。

これは、とてもラッキーで幸せなことではないか。

「……大丈夫、です……」

大きく息を吐きながら声を出し、理紗は聡の背中に回していた手に力を入れる。自分の手が汗ばんでいたのか彼が汗ばんでいたのか、しっとりとした感触が、ふたりとも同じ気持ちなのだと教えてくれている。

「もっと……入って、ください……。わたしも、嬉しい……から」

「理紗……」

だんだん気持ちが楽になっていく。眉間はゆるみ、脚からは力が抜けた。

そのとき聡自身が一気に押し入り、恥部同士が密着するほど繋がった。

「奥まで、……理紗の奥まで入れた。すごい、感動する……」

感慨深げに大きく息を吐く聡からも、苦しげな表情は消えている。理紗も同じ気持ちだ。彼を自分の中に迎え入れることができたなんて、とんでもなく嬉しい。

聡が理紗の頬を撫でる。

「とても綺麗だ。理紗のこんなに色っぽい顔が見られるなんて。まだ痛いか？　力を抜いてくれたから、痛みは収まってきたのかと思ったんだけど」

「大丈夫……。聡さんが二回もイかせてくれたから……。平気」

先ほど言われた言葉を逆手にとる。くすっと笑った聡にひたいをコンっとぶつけられた。

「動いていい？」

「はい……」

「最初は、ゆっくり動くから」

宣言して腰を静かに引いていく。膣口《ちつこう》に軽く引き攣るような痛みはあるものの、堪えられないほどではない。秘部に溜まった潤沢な潤いが、雄茎の動きを助け疼痛《とうつう》を心地よいものにすり替えていく。

異物が引かれ狭まろうとする蜜路に、その隙を与えんと剛直がぐちゅぐちゅと挿《さ》しこまれていく。挿しこまれては引かれ、引かれてはまた挿しこまれ、聡の腰はゆったりと揺れながら確実に理紗の官能を煽《あお》ってくる。

「あぁぁ……んっ、はぁ、あっ」

とぎれとぎれに漏れる吐息が止まらない。熱《いき》り勃《た》ったものがじっくりと出入りすることで、蜜路にその存在を教えこんでいる気さえする。

「イイ声……。もっと動いていい？」

「ん……、いい、です……」

抜き挿しの間隔が短くなっていく圧迫感は次第に摩擦の刺激になり、控えめに漏れていた吐息も甘い嬌声《きょうせい》になってきた。

「あぁあ……ハァ、んっ、聡さぁ……ん」

「ん～、たまんないな～、もっと動いていい？」

「いいで、すよ……、あぁっ！」

「もう少し」

「んっ、ンっ！」

「もっといい？」

「い、いちいち聞かなくてもいいで……やぁぁんっ！」

「お許しが出たから、聞かない」

嬉しそうに言ってから、聡の律動はより激しくなる。一度尋ねるたびに速さを増して、彼が言うところの〝お許し〟のあとは打ちつけるように腰を振りたてられた。

「あぁっ……！　やぁぁ……あっ、あ！」

ずくっ、ずくっ、と結合部分をぶつけながら出し挿れされる熱棒。摩擦の刺激を受けるごとにあふれる蜜液を、出ていくふりをする切っ先で掻き出していく。

そのせいか、腰を打ちこまれるたびに恥ずかしい水音が大きく響いた。

「やっ、や……ダメェ……、すごい音、するぅ……あぁぁっ！」

「理紗が感じてくれているからだ。締まったうえに汁があふれてくるから……俺、このまま溶けるかもしれない」

「溶け、ちゃい、そうなの……わたしの、ほう、やぁん……熱いの、ずくずくする、あっ、あっ！」

蜜窟から広がる甘い愉悦が全身をどんどん熱くする。重なり合う肌の熱さも心地よくて、気がつけば強く聡にしがみついて身悶えをしていた。

最初は彼の素肌に触れることさえ躊躇したのに。今は触れたくて、密着したくて、抱きつきたくてたまらない。

「聡……さ、んっ、さとしさぁん……」

淫靡な熱にさらされて与えられる快楽に、身体が黙っていられない。聡の背中にある手は掻くように肌をさまよい、腰が左右に揺れて伸びたり縮んだりする両脚がシーツに波を作った。

「俺の奥さんは暴れん坊だな」

「ひゃぁんっ……！」

楽しげな声をあげながら、聡が理紗の両脚を腰にかかえる。腰ごと脚が浮き上がったことに驚いて一瞬背中の手の力がゆるむと、ここぞとばかりに乳頭にしゃぶりつかれた。

「あっ、あ、やぁぁっ……！」

ちゅぱちゅぱと吸いたてられ、その刺激が下半身にまで響いてくる。反応する蜜洞がうねり波打ち、理紗を蕩かそうとする熱棒を喰いしめた。

すると、一瞬だけ聡が驚いたように腰を引いた気がする。……だが、すぐに激しい抽送《ちゅうそう》

にさらされた。

「やぁぁあっ……！　ダメェっ……そんなに、ああっ！」

「理紗が煽るから」

「し、知らなっ……はぁぁん、ダメェ！」

「ん～、俺も駄目かも」

深く挿し入れ、斜めに押し上げる。恥部同士が擦れると陰核が刺激され、強い電流が走るような快感が駆け抜けた。

「あぁぁっ！　そこぉ……やぁぁっ……！」

「いいから、そのまま感じていなさい」

駄々っ子を諌《いさ》めるように言い、勢いよく出し挿れしつつ恥部をぐりぐりと押しつける。剛強で擦り上げられ、隘路《あいろ》から生まれる愉悦と陰核から弾け飛ぶ快感で、身体も思考もどうにかなってしまいそう。

いっそどうにかなってしまいたい。理紗は泣き声で哀願した。

「やぁ……聡、さんっ、もぅ、もぉ……」

「いいよ、最初っから一緒にイけるなんて、俺と理紗は相性最高だな」

猛々しい肉塊にずくずく穿《うが》たれ、彼に委ねた快感が上り詰める。全身の血液が沸騰《ふっとう》したかのように熱くなり、達した瞬間毛穴という毛穴から熱が噴射する。

「やっ、あぁぁぁぁん、さとしさぁん……すきぃ————！」

蜜壺《みつつぼ》の奥で止まった雄芯が、痙攣する蜜襞《みつひだ》に煽られて大きく震える。理紗の両脚をかかえたまま、聡は押しつけるように腰を反らして息を詰めた。

弾ける感覚が今までで一番大きかった。余韻が頭をぐるぐる回って、このまま意識がなくなってしまいそう。

「理紗……」

理紗の脚を下ろした聡が、軽く覆いかぶさり欲情に潤った肌を重ねてくる。しっとりとした肌同士が重なり合う感触が、とても気持ちよくて、とてもいやらしい。

「理紗……、好きだよ。理紗……」

快楽の細波にのって意識を手放してしまえば、きっととても心地いいだろう。けれど、そうしてしまったら聡の声が聞けなくなる。

「理紗……」

こんなにも愛しい、お婿さんの声。

幸せがふつふつと湧き上がってくる。高嶺の花だったのに信じられないとか、婿入りしてくれたのは苗字を変えたいからとか、三男だからって婿入りなんかしていいのかとか、……そんなこと、どうでもよくなってきた。

理紗は身体の横でシーツを摑んでいた手をゆっくりと動かし、聡の頭に回す。彼は理紗の唇に触れてから頬や首筋に唇を落とし、上胸に頬をのせて落ち着いた。

こんな位置で落ち着かれると、なんだか理紗があやしてあげているみたいで聡がかわいく感じてしまう。頭を撫でると胸の上で顔を動かすので、胸がきゅんっとする。

「理紗ぁ……」

じれったそうな甘えた声。きゅんきゅんが大きくなってクスリと笑ってしまう。

「どうしよう……」

「どうしたんですか？」

「……小さくならない」

「なにが？」

「これ」

聡が小さく腰を突き上げる。まだはまったままだった屹立《きつりつ》が痙攣する隘路を刺激し、ビクッと腰が跳ねた。

「理紗がかわいすぎて……俺おかしくなりそう」

もどかしげに胸の上で顔を左右に振る。そんなことをする聡さんのほうがかわいいですよと言ってやりたいが、自分より年上の男性にそんなことを言ってもいいものか迷う。

「理紗ぁ……」

「はい？」

「もう一回、いい？」

「……なんか、すごく甘えてます？」

「お婿さんだから、甘えても許されるかなと思って」

プッと噴き出してしまった。いつもは凛々しいイケメンのくせに、なんて甘ったれなんだろう。

胸がきゅんきゅんして止まらない。「きゅん死しそう」とはこのことか。すごい症状だ、なんでも許してあげたくなる。

「いいですよ……」

「ほんとに？」

「だって、収まらないと聡さんがつらいんでしょう？　それに……」

次の言葉を出そうとして止まる。なにかと言いたげに視線を上げた聡と目が合い、言葉が引き出された。

「わたしも……気持ちイイから、いいですよ」

言ってしまってから恥ずかしくなる。視線をそらそうとしたとき聡の唇が重なってきた。

「もう、理紗最高っ。最高の初夜にしような」

最初にもそんな言葉を聞いた。言われっぱなしで照れくさくて、理紗はささやかな口ごたえをした。

「……もう、なってる」

――この返しが、さらに聡を燃え上がらせ……。

なかなか〝小さく〟ならないまま、新婚初夜は続くのである。


高嶺の花を婿に迎えると決めてから、挙式をして入籍するまで、たったの二週間だった。

細かい準備などできるはずもなく、ましてや新居など決められるはずもない。

「ひとまず俺のマンションに住めばいい。ふたりくらいなら大丈夫だと思うけど、狭かったらごめんな」

という聡の提案で、理紗は聡のマンションに引っ越して生活をすることになった。

……ちなみに、婿入り道具に二世帯住宅を……という話は、丁重にお断りをしている。

聡のマンションは都心のハイクオリティ低層レジデンス。３ＬＤＫ。「狭かったらごめんな」とは、謙遜にもほどがあるとは思うが、どうやら本人は至極本気で言った模様。

理紗の感覚としては、ふたりで3LDKも広すぎると思うし、都心のハイクオリティ低層レジデンスも贅沢すぎる。

とはいえ、そんな異を唱えている余裕などなかった。あれよあれよという間に、気がつけばすべてがまとまっていたのである。

そして、新婚初夜を過ごしたホテルを出たふたりは、軽く買い物をして少し早めの夕食をとり、マンションへ帰ってきた。

「理紗、疲れてないか？　座っていていいからな。コーヒーでも淹《い》れようか？　ジュースのほうがいい？　あっ、理紗の荷物はあとで俺が片づけるから、ゆっくりしてな。映画でも観る？　ＤＶＤもあるけど動画配信のチャンネルも……」

リビングに入りソファに座って、ひと息ついたとたんにこれである。

「いやいやいやいや、待って待って待ってっ」

矢継ぎ早にまくしたてられ、理紗は片手を前に出してストップのリアクションをとりながら立ち上がった。

「そんな、気遣わないでくださいっ。コーヒーくらいわたしが淹れるし、荷物の片づけも自分でしますから」

「でも疲れてるだろう？　俺、我慢できなくて朝からがっついたし」

意味ありげに言われて顔が熱くなる。〝最高の〟新婚初夜を経て、その翌朝からもガッツリといただかれてしまった。

新婚プランのチェックアウトが午後三時という神対応。このプランを企画した社員は新婚をわかっている。

「本当ならさ……」

理紗の肩を抱き、聡が一緒にソファに腰を下ろす。

「挙式、新婚初夜、次は新婚旅行と続けて理沙を楽しませてやりたかったのに。それができなくてごめんな」

「そんな……。だってそれは仕方がないし」

結婚がスピーディに決まってしまったので、新婚旅行の予定が立てられないのはもちろん、仕事の調整もできず、休みがなかったのだ。

数日なら理紗はなんとかできたかもしれないが、聡はそうもいかない。

「聡さんは、わたしより重要な仕事をしているんだから、急にずらせないのは当たり前ですよ。旅行より仕事のほうが大切です。それにわたし、聡さんが……」

続く言葉を口に出す寸前で急に恥ずかしくなる。しかしここで言いよどむのもどうかと思う。

「あの……聡さんが……、お婿さんになってくれたって考えるだけで楽しくなるし、嬉しいから……。一緒にいられて、充分に楽しんでますよ」

「理紗はー！　ったくー！」

大興奮で聡が抱きついてくる。その勢いがよすぎてソファに押し倒されてしまった。

「かわいいことばっかり言うな！　ほんとに、ほんとーに、俺の奥さんはかわいいっ！！！！！　俺、婿になってよかったぁっ！」

大興奮のうえに、かなり荒ぶっている。抱きつきながら押し倒した理紗の胸に顔を押しつけ、左右に首を振りながら懐いた。

好きな人にそこまで言われるのはもちろん嬉しい。が……、胸の谷間に顔をうずめて満足そうな息を吐かれると微妙な気分だ。

聡はよくこの位置で顔を動かす。

胸の柔らかさが好きなのだろうか……。

「日程の調節ができたら、十日間くらい新婚旅行に行こうか？　あー、新年をどこか南国で迎えるのもいいな。ん～、でも、新年はやっぱりちゃんとお年始持参で伊藤家に挨拶に行って……いやいや、会社の大掃除を手伝うくらいしないと……。その前に、社長のご息女である理紗さんと結婚させていただきましたって、イトウ建業の皆さんにご挨拶を……んんん～～～」

ウキウキで話しはじめたのに、だんだんと深刻になってきた。うなるように悩みはじめ、理紗はとうとう噴き出してしまう。

「そんなに深刻にならないでくださいよ～」

「なるだろうっ。婿として、やっぱり第一印象は大切だし」

「第一印象で聡さんに悪い印象を持つ人なんていませんよ」

「圭介おにいさんも？」

「……圭介を『おにいさん』呼びするの、やめません？」

第二のお父さん、よりはマシかもしれない。

しかしもしこれが逆の立場で理紗が嫁いだ側だったなら、やはり相手の実家には気を使ったたろう。そう考えれば聡が考えてしまうのも無理はないのかもしれない。

「でも『婿』っぽく振る舞わなきゃとか無理する必要はないんですよ。普通にしててください」

「嫁も婿もいまどき立場がどうとかないだろうけどさ、せっかくだから『婿』を十分に楽しみたいんだ」

そう言われては返す言葉がない。理紗はゆっくりと聡の頭を撫でる。

「わかりました。それに実家のことを考えてくれて、ありがとうございます。新婚旅行のこととか新年のこととか、追々考えましょう。わたし、聡さんと旅行に行くのも楽しみだけど、実家の会社の新年餅つき会とかすっごく楽しいから、いつか聡さんが杵《きね》を振る姿とかも見たいです」

「理紗が楽しみにしてくれるなら、俺、何時間でも杵振って餅つくから」

「身体、バラッバラになりますよ……」

「餅つきか、ちょっと楽しみだ。でも俺、こねるのも上手いと思う」

聡の両手が、さりげなく理紗の横胸で動いている。彼の頭を撫でていた手でぺしっと叩いた。

「どさくさにまぎれて、なに揉んでるんですかっ」

「こねる上手さを主張しようと」

「さわりたかっただけでは?」

「大当たりー」

調子にのって胸のふくらみをゆすりだしたので、その手を軽く叩く。すると動きはすぐに止まり、眉を下げた聡が憂いを帯びたイケメンオーラを放ってくる。

「駄目？」

「駄目って……いうわけでは……、って、まだ揉んでるしっ」

いじけたふりをしても手はシッカリと動く。本当に胸が好きだなと思わざるをえない。

アハハと笑っていた聡だが、急に真面目な顔で手を止めた。

「理紗……、マズイ」

「な、なにが、ですか？」

「揉んでたら勃った」

「知りません！　もうっ！」

——もしや、とんでもない婿をもらってしまったのではないだろうか……。

「知って、理紗」

甘えた声で迫られるが、ここでほだされたらいつもこの手を使われそうな気がする。ここはビシッと、そうだ、それこそ婿をもらった側の女としてビシッと決めなくては。

「知って、じゃありませんよ。そうやってふざけて……」

「理紗……」

甘えた声に、艶がこもる。

「ふざけて、我が儘《まま》をとおそうと……」

「理紗、好き……」

蕩けそうな声が耳朶《じだ》を打ち……。

「とおそうと、しても……」

「理紗の婿になれて、幸せ」

人の話を聞かない婿だ。とは思えど、鼓膜に流れこんだ魅惑の声が意地を張る理性を溶かしていく。

「理紗ぁ……」

「……仕方ないんだから……」

ちょっと拗ねた態度に胸が絞られる。ドキドキどころかぎゅんぎゅんして、なんでもいうことを聞いてあげたい気持ちになってしまった。

許しが出たとすぐに察し、聡の唇が重なってくる。キスをしながら待ってましたとばかりにブラウスのボタンを外して大きく胸を暴き、ブラジャーの上からふくらみを大きく揉みしだいた。

舌同士を絡ませ、聡の口腔内でちゅるちゅるとしゃぶられる。そのあいだにも胸を愛撫する手は止まることなく、ブラジャーのカップを下げて白くやわらかなふくらみをもてあそぶ。

両の頂をつまみ、くりくりと左右に回され、両脚がソファの上で暴れる。ベッドと比べて狭いぶん、片脚が落ちてしまった。

「ほんっと、理紗の脚は暴れん坊だな」

聡が笑いながら落ちた理紗の脚をすくい上げる。そして落ちていないほうの脚をソファの背もたれにかけられた。

「動いてしまうから落ちる。それなら、動けないようにすればいい。まあ、脚が開きやすいように、っていうのもあるんだけど」

「あ……！」

スカートをするするっとまくられ躊躇なく下半身がさらけ出される。ストッキングもショーツも穿いたままなので肌が見えているわけではないのだが、逆にいやらしさが増しているのは気のせいだろうか。

大股開き状態になってしまっている。そこに聡が顔を落とした。

「さ、聡さ……」

新婚初夜にされた行為だが、下着を着用したままだからかやけに恥ずかしさがある。恥丘を唇で覆われ歯で掻かれたりあたたかい息を吹きこまれたり。

「ん……ぅんん」

くすぐったい気持ちよさ。腹部のあたりまでもぞもぞしてきて、含み笑いをしながら胸の下を押さえるように両腕を回した。

「いい眺めだな。腕、そのまま」

「なにが……ぁんっ」

伸びてきた両手が胸のふくらみを摑む。ブラジャーのカップと理紗の腕で押し上げられて盛り上がった柔肉に聡の五指が喰いこんでいった。

「あっぁ、なんか、やらし……はぁ、ンッ」

「理紗がいやらしい見せかたするから」

「違いますぅっ、聡さんの手がやらしい……ぁあっ」

白い媚肉を弾くように指が動く。恥丘を食んでいた唇は、少しずつ下がって息を吹きこんでくる。

「んっ、ハァ……熱ぃ……ぁぅん」

秘裂が熱くておかしな気分だ。布の上から歯で搔かれているせいか秘芽のあたりがうずうずする。

乳房を摑む手は人差し指で乳頭を擦り回す。全身に回る愉悦に身悶えすると、片脚がまたソファから落ちた。

「あっ、やだぁ……」

片脚をソファの背にかけられているだけでも十分開いていた脚が、もう片方が落ちたことで恥ずかしいくらいの大開脚になってしまった。

どちらかの脚を座面に戻そうとするが、すでに下半身に力が入らない。

「ンッ、ぁ……さとしさぁん……」

「なに？」

「脚ぃ……ぁあっ……」

「だーめ、このまま。理紗のこんないやらしい姿が見られるのは、婿の特権」

「もぉおっ、なに言って……やぁぁんっ」

胸から離れた片手がクロッチ部分をぐりぐり押してくる。むず痒《がゆ》さの中に明らかなぬめりを感じ、自分の興奮具合を悟った。

それは当然聡にも伝わっているようで、陰核周辺をしゃぶりながら膣口を押し回された。

「あっ、あ、ダメェ……べちゃべちゃに、なっちゃぅ……」

「もうとっくに、べっちゃべちゃ」

聡が身体を起こしボトムスに手をかける。すぐに避妊具が出てきて、そんなところが彼らしいというか、新婚っぽいというか。

「このままシてもいい？」

「え？　ぁ、はい」

とっさに返事をしてしまったものの、なんのことだかわからなかった。聡が脚の付け根のあたりからストッキングを引き裂きショーツを横にずらしたことで、このまま、の意味を悟ったのである。

「あっ、理紗、可能なら、腕はそのまま」

「腕……ひゃぁんっ」

またもや思考が追いつかないうちに次のステップに進まれてしまった。昨夜から散々理紗を啼《な》かせた熱杭が、ずりゅずりゅっと蜜路へ挿入されていく。

「やぁぁあんっ……！」

この部分をいっぱいにされて何度も達した感覚を、身体はすぐに思いだす。なんといっても今日の正午近くまでそんな悦楽でいっぱいになっていて、入っていなくたってまだなにかが詰まっているような感触が残り続けていたくらいなのだ。

背中を反らすように数回跳ねさせれば、腕で支えた両の乳房が緩慢に揺れ動く。その様を聡が見ていると思うと、愛液が大量に生産され肉筒が屹立を締め上げた。

「すごく締めてくるな。どうしてそんなに興奮してる？」

「だって……だっ……あぁぁっ、こんなところで、スルからぁ……」

「ベッドじゃないし、服も脱がせてくれないし、てとこかな？　そうか、理紗は特殊なシチュだと興奮しやすいんだな」

「そ、そんなことな……あぁぁん！」

「あるだろう？　ほら、どんどん出てくる」

抜き挿しされるたび、ふくれた鏃《やじり》に引っかかった蜜が、ぐちゅっ、ぐちゅっ、と掻き出されてくる。脱がされないままのショーツやストッキングににじみ、肌に広がっていく。

さらに聡がショーツからあふれてくる蜜液を恥丘や内腿に塗り広げていく。てのひらで布の上から秘裂を擦られ、あえぎが止まらなくなった。

「ああ……あぁっ、ダメェっ、ぁうんん」

「理紗のココ、真っ赤だ」

揺れ動く胸の先を指で弾き、きゅうっとつまみ上げる。痛いくらいにひねられているのに、それさえ快感に変わった。

「やぁっ……ダメ、もぅ、あぁ……！」

「イきそう？　教えて」

「……く、イ……イきそ……ハァ、ああっ！」

「いいよ。じゃ、軽くね」

言葉と動きはまったく伴わない。恐ろしいほどの勢いで蜜壺を穿たれ、「どこが軽いの」と文句を言う間もなく欲望の高みへと引っ張り上げられた。

「やぁぁ……イっちゃ……ぁぁっ――!!」

力が入らなかったはずの両脚が、ビクビクッと震える。全身に血液が回って体温が上がり、意識がふわりと浮いてしまいそうになる。

しかし聡が毎回それを止める。彼以外に意識を預けるのを許さないとでもいうように、唇を重ね口腔を貪られた。

「理紗……」

蕩けそうな声で名前を呼ばれると本当に鼓膜から溶けてしまいそう。甘く凛々しいトーンは頼もしさにあふれているのに、乱れる息に上下する理紗の胸に顔をうずめている。

……とても嬉しそうに……。

（やっぱり……、女の人の胸とかが特に好きな人なのかもしれない）

聡だって性嗜好《せいしこう》くらいあるだろう。妻として認めてあげなくては。

大きい小さいの違いはあれど、男性は総じて胸が好きだというではないか。――とは思いつつ、真由子に確認してみようと心ひそかに考える。

「理紗、ベッドに行こうか。その前に風呂にするか？」

まだするんですかと聞くまでもないようだ。昨夜から隙あらば繋がり合ってばかりいる。夫婦とはこれでいいのだろうか。

なんといっても新婚だ。

つきあいたての恋人同士だって同じようなものかもしれない。

（真由子に聞いてみよう……）

ひとまずお風呂を選択し、理紗が「用意しますね」と言えば「いや、俺がやる。婿だからなっ」と聡が張りきる。それなのに彼は一向に動く気配がない。

理紗の胸にうずまって幸せそう。そんな聡に、愛しさが募ってしまう理紗だった。

＊＊＊＊＊＊＊＊＊

キーボードを打っていた手を止めて、デスクの上の置時計に視線を向ける。

書斎に入って二時間ほどが経っている。手が寂しくなってきたのでそろそろ限界だ。べッドに戻って理紗にさわりたくて仕方がない。

「……結婚前は我慢できていたのに」

苦笑いで息を吐き、聡はエグゼクティブチェアの背もたれに寄りかかる。

ソファで理紗に欲情してしまったあと、ベッドに移動。そうじゃなくても朝から散々彼女を堪能していたのだからほどほどでやめておこうと思っていたのに、結局は理紗が「もうダメェ……」とかわいい声で弱音を吐いて眠りに落ちてしまうまで抱き続けてしまった。

昂ぶったまま彼女のそばにいたら「眠っていてもいいから……」などと不埒《ふらち》な感情に誘惑されそうで、ベッドを出たのだ。

書斎に入り、イトウ建業の業績に関する分析を進めていた。経営面で口出ししたいことはいろいろとあるが、いきなりあれもこれもと提案するのは得策ではない。

かりにも〝婿〟なのだから、婚家を立てつつ、よいタイミングでアドバイスをしていけたらと思う。

婚家との関係は大切だ。世の中には嫁姑《よめしゅうとめ》問題や義実家とのトラブルの話が掃いて捨てるほどある。少しでもそんなことがあれば、板挟みになって悩むのは理紗なのだ。

義父や義母、それにまつわる人たちと聡が上手くやっていければ、理紗があいだに入って気を揉むようなことにもならないだろう。

聡がすでにイトウ建業の業績を分析し、経営面の改革を視野に入れていると知ったら理紗は喜んでくれるだろうか。「聡さん、すごいね、わたしが考えていたとおりの理想のお婿さんだよ」と笑ってくれるだろうか。

「理紗……」

彼女が喜んでくれるかと思うと嬉しい。気持ちがどんどん高まっていくあまり、改革も夫婦としての生活も俄然《がぜん》やる気が出て張りきってしまう。

いまのところ、夫婦として一番張りきっているのは夜の生活なのだが……。

まだ肌を重ねる行為に慣れていないのだから、無理をさせてはいけない。わかっている。わかってはいる。しかし、行動が伴っていない。

――やっと、念願叶《かな》って理紗を抱くことができる立場になれたのだ。少しくらい歯止めがきかなくなっても仕方がない。

そうやって言い訳をする、自分の心の声が大きすぎる。

思えば、初めて理紗を見たときから、その姿が鮮明に脳裏に焼きついて離れなかった。

イトウ建業の娘が入社する。そんな話は耳に入っていたが、さほど興味はなかった。毎年、新入社員の中には取引先の社長の親戚や重役の娘など、ときには「少しお宅でしごいてくれないか」と縁故入社してくる社長令息などもいる。仕事なんてなんでもいい。大企業に勤めているという優越感が欲しいだけだろう。そんな冷めた気持ちだった。

ただ、入社式で彼女を見てからは評価が百八十度変わってしまった。

――かわいい！　なんだこれ、幻か？　なにからなにまで好みのドストライクすぎるんだがっ!!

女性を見てそんなふうに思ったのは初めてで、我ながら動揺した。

ひと目見て好感を持つなんて、外見で判断しているということなのだから批判する人もいるだろう。

だけど、人にはそれぞれ譲れない好みというものがある。

聡にとって理紗は、その「譲れない好み」のド真ん中だったのだ。

背が低くて小柄。胸が大きいけれどバランスが取れていてスタイルがいい。

俗にいう、コンパクトグラマーというやつである。

おまけに素朴な清楚《せいそ》系で笑顔がかわいい。

神様のご褒美。いったい自分は前世でどんな徳を積んだのだろうと考えてしまうほど、理想どおりの女性。もしや自分の妄想が具現化したのではとさえ疑う。

とはいえ、さすがに聡だって、超好みの女の子だからといってなにも考えずにアプローチするなんてことはしない。

性格に問題があるかもしれないし、すでに恋人がいる可能性だってある。これだけかわいいのだから、男が放っておくはずがないのだ。

そう言い聞かせ自分を落ち着かせようとしてみたが……。

なにかのついでについついつい秘書課を覗きにいったり、出社時間を合わせてエントランスでその姿を観察したり、お昼は社員食堂に通っていると知れば、今まで行ったことのなかった社員食堂に時間を合わせて通った。

結果、無理やり落ち着かせた気持ちは、すぐに崩れ去った。

仕事に真面目、一生懸命、気遣いができて礼儀正しくて謙虚。おまけに明るくて素直。

――――天使かっ‼

遠慮も警戒も吹っ飛んだ。なんなら自分の中から強制退去させた。

社員食堂でひとりランチを決めこむ彼女は、どうやらスマホでアプリゲームをしているらしい。

会社内外、若手との会話に幅を持たせるため、名の知れたスマホゲームは網羅している。話しかけるきっかけを摑み、社員食堂で意気揚々と彼女に声をかけたのだ。

『秘書課の新人さんだね。こんな遅くにお昼？　なんのゲームやってるの？　あっ、社食はね、日替わりスペシャルが一番お得だよ。ところで仕事はどう？　意地悪されてない？

ああ、そうだ、秘書課の課長に伝言頼んでいい？』

質問と情報とお願いが一気に出てしまった……。

本当なら「なんのゲームやってるの？」で止めるはずだったのに。聡に話しかけられてキョトンとした顔が、この世のものとは思えないほどかわいくて、不覚にも動揺してしまったのである。

ここでかっこ悪いところなど見せてたまるかと思うものの、第二の動揺ポイントがやってきた。

彼女がやっていたゲームは、聡の網羅対象からは外れた乙女ゲームというものだったのである。

ジャンルは知っている。しかし、やったことなどない。

男性向けで似たようなジャンルの美少女ゲームやギャルゲームは得意だ。それの女性版だと思えばいい。ここで引くわけにはいかない。

『恋愛シミュレーション？　面白い？　俺もやろうかな』

『こっ、これ、女性用の婚活ゲームなので常務がやるようなものでは……』

『平気。俺、なんでもやるし。……あっ、もしかしてエロゲだった？　だったらごめん』

『ちがいますっ。普通の乙女ゲー、男性キャラを攻略するゲームなのに、男の人がやってどうするんですか』

『どうするって、最速で攻略する。よーし、じゃあ、競争だ。どっちが早く全キャラ攻略できるか勝負しよう。タイトル教えて。コードでもいい』

さらりと流して彼女の隣に座り、あくまでもクールにスマホを取り出す。――少々焦りはあったが、絶対に顔には出さなかった。

ゲームの内容で話を引っ張り、得意の話術で彼女から自然な笑顔を引き出す。

――伊藤理紗、ロックオン完了である。

あとは偶然を装い社員食堂で何度か同席したあと、自然な流れで外に食べにいく約束をして、のちにディナーの約束までこぎつけよう。

踏んでいる段階がまどろっこしいと感じないこともない。が、しかし、聡の立場と理紗の立場を考えれば慎重にならざるを得ない。

新入社員が、会社の常務、それも経営者一族の人間に声をかけられて、まったく警戒や動揺を覚えないはずがない。それではいけない。上の人間に誘われて断れない、という理由でOKされるのはいやだ。

理紗と昼食事に話をしているうちに、彼女もだいぶ力を抜いて接してくれるようになった。会えば会うほど彼女のいいところが見えてくる。

理紗といると気持ちが安らぐ。おかしな下心なしで自然に接してくれるからかもしれない。たいていの女性は、聡を万里小路の御曹司、マデノの常務、という目で見て接してくる。

表面を繕い、必要以上に媚び、女を匂わせ自分を作る。

理紗には、そういった無駄なものが一切ない……。

やっぱり、この子しかいない。間違いない。そろそろ次のステップへ……、と考えていたころ、ある噂を耳にした。

秘書課の伊藤理紗は、合コンマニアだ――。

まさか、と思った。理紗の人柄から合コンなんて想像もつかない。だが本人に聞けば否定はしない。

『数合わせとか、行けなくなった子の代理要員なんですよ。人と交流するのは嫌いじゃないし、役に立てるならいいかなって』

なんて罪のない回答なのだろう。笑顔で悪気なく言われてしまったら「そうか、それなら仕方がないな」と言うしかないではないか。

仕方がなくない。むしろイラついた。

数合わせ。本当にそうなのだろうか。毎回そんなものに誘われて、頻繁に参加して、本当に楽しいのだろうか。

参加した翌日も、特に変わった様子はない。さりげなく話を聞けば、いつも長居をしないで帰ってきている様子。

数合わせ、という言葉に真実みを感じる。もしも彼氏がほしいなどの理由があれば、もっと長居をしてメンバーを吟味《ぎんみ》するのではないかと思う。

理紗が参加するものの内容は、合コンを仕切るのが趣味という総務の女子社員に探りを入れている。メンバーは悪くない。社内各部署のみならず、他社も含めてエリートばかり。引っかかったのは、医者や弁護士、芸能関係者など、特殊な職業のメンバーのときには参加を控えていることだった。

そこは、相手が会社員のほうが話しやすいからなんだろうと推測するしかなかった。会社勤めのエリートに標的を絞っていた理由も今ならわかるが。

モヤモヤしつつも理紗が間違った判断をするはずがないと信じ、合コンへの参加を観察した。

信じてはいても、本当に「楽しいから」という理由だけなのだろうかと思考が深みにはまってしまうこともあった。

理紗だって相応の年齢の女性なのだし、特定の相手もいないとなれば、……ふと、そばに寄り添ってくれる腕がほしくなったりするのではないかと……。

――――それなら俺に言え‼

見守るのにも限界がある。合コンの予定が入っていると言われてもいいから誘ってしまおうかと考え、気持ちを新たにしたのが――和食割烹で勝利を決めた二週間前だ。

さらに、ミーティングを終えて軽口を叩く開発事業部の男性社員たちの会話が耳に入り、決心に拍車をかけた。

『今夜の合コン、例の理紗ちゃんもいるらしいから、狙ってみようかなと思ってさ』

『あー、秘書課の？　合コンの理紗ちゃん？　いいなー、オレも参加すればよかった』

『後腐れナシでお相手してくれるって聞いたけど、本当か？　そんなタイプにも見えないけどな。まあ、あの清純そうな見てくれで痴女レベルっていうのはいいけど。畑山、巨乳好きだもんな』

『背が小さくて胸がでかいの、むちゃくちゃエロいだろ。たまに社食で見かけるんだけど、モヤモヤして妄想しそうになる』

『中学生かよ』

天気の話でもするように、何気なくかわされる会話。ありがちな男同士の世間話。特に気にするようなことでもない。

——わけがない。

理紗を欲情対象にしている男、畑山の存在をシッカリと頭に入れたあと、社員食堂で理紗に注意をした。

いくら数合わせで参加しているとしても、頻繁にそういう集まりに顔を出していればおかしな目で見られるのは当たり前だ。モヤモヤしつつ見守っていたが、直接あんな会話を聞いてしまえば心配だしイラつくし、聡の精神状態も限界になる。

気をつけるという理紗の言葉にひとまず引いたが、本気で納得などするはずがない。会場であるビルに先回りして様子を見よう、そう決めて出向いた矢先に理紗が絡まれているのを発見した。

畑山も牽制《けんせい》できたし、理紗も連れ出せたし。——合コンに参加していた本当の理由も知ることができた。

——婿入りできる男を探しているとか、最高の理由だな！！！！

迷いの〝ま〟の字もない。

即行で、聡が婿入りを決めたのだ。家族にはなにも言わせない。十分マデノのために働いてきたのだから、少しは自由にさせてもらう。幸い自分は三男だ。婿入りして将来的にマデノから抜けるようなことがあっても、兄たちがいれば基本的に会社は問題ない。

「あああああ〜〜〜〜〜！　理紗ぁ、かわいいなぁぁぁ、ほんとっ‼」

理紗のことを考えているだけで心が躍る。彼女と結婚したのだと思えば全細胞がスキップをしているのではないかと感じるくらい気分がいい。

理紗への想いが募りすぎて、聡はデスクの天板にガンガンとひたいを打ちつける。大きく息を吐き、表情をキリッと改めて勢いよく顔を上げた。

「よしっ、理紗のために、三国一の婿になるぞ」

好みのド真ん中、理想の奥さんを手に入れた婿の決意は、富士山《ふじさん》よりも高い。

第三章　セレブなお婿さんＶＳ庶民なお嫁さん

「すごい、美味い、最高、料理上手！　トーストしたパンがこんなに美味いと思ったのは生まれて初めてだ！」

彼は、大げさという言葉を知っているのだろうか。

幾度となくそう思った。が、結婚して二週間、わかったことがある。

「理紗は本当にすごい。俺も、もう少しシッカリ料理ができるようにならないと捨てられるな。そうだ、料理教室にでも通おうか」

誇張しているわけでも、おべっかを使っているわけでもない。聡が理紗を褒め称えるのは、すべて本気なのだ。

秋のおだやかな陽射しに包まれるリビング。

仲よく朝食を食べる新婚夫婦の朝である。

ウォールナットの天板を、ブラックマットの幾何学デザインの脚が支えるお洒落《しゃれ》なダイニングテーブル。聡と結婚しなければ一生こんなデザイン性の高すぎるテーブルで食事をすることなどなかっただろう。そこに並べられているのは、トーストと目玉焼きとコーヒー、ふたりぶんである。

「パンを焼いて卵を焼いてコーヒーを淹れただけです。料理教室なんかに通わなくたってできますよ」

　トーストにざりざりとバターを塗りイチゴジャムを落とす。苦笑いが出てしまったのは大げさな褒め言葉に対してではなく、料理教室の件に対してだった。

(聡さんがそんな場所に行ったら、イケメンオーラが眩しすぎて他の生徒さんたちがなにもできなくなります)

　妻の贔屓目《ひいき》でもなんでもなく、本気でそう思う。

「だけ、ってことはない。理紗が手をかけるとパンの耳さえ美味い」

　それは、パンが美味しいだけだと思う。購入先のベーカリーは聡のお気に入りで、セレブ層御用達なのか値段もいいが味もとびきりいい。

「でも料理教室に通う時間があったら理紗と一緒にいたいし。習うなら万里小路家のシェフにでも頼むか」

　なにもつけずにトーストをひとかじりして、聡は気軽に言い放つ。坊ちゃんに料理を教えてくれと頼まれたら、シェフはさぞかし驚くだろう。

咀嚼《そしゃく》の途中でハッと目を見開いた聡は、飲みこみながら理紗に顔を向けた。

「違うな、悪かった。習うなら理紗かお義母さんだな。万里小路ではなく、俺は婿として伊藤家の味を覚えなくては」

「いやいや、そんなのどうでもいいですよ。普通にご飯食べられたらいいじゃないですか」

半笑いで目玉焼きに醤油《しょうゆ》を回しかける。聡が理紗の手元をジッと見ているので、醤油がほしいのかと思い醤油差しを手渡した。

「わたしが作った料理、聡さんは美味しいって食べてくれるし、聡さんが作った料理だってすごく美味しいですよ。……まあ、もう少し材料費が抑えられているともっと気兼ねなくいただける気もするんですけど……」

サラッと本音を交ぜる。生まれて三十年以上御曹司をやってきた人物の食材調達は豪勢すぎて、最初に買い物を任せたときに後悔した。

名前も知らない外国の野菜、お洒落なレシピ本にしか出てこないハーブ、盆と正月になら大手スーパーの棚に並びそうな高級豚肉の塊、一個ずつ売られた卵。大きな瓶に入った牛乳。

……なにを作ったらいいのか想像がつかない。

いや、作れるものは思いつくが、食材が高級すぎてメニューにそぐわない。こんな高級豚を細かく切って、名前も知らない野菜と一緒に野菜炒《いた》めとか、手が震える。

それでも聡はいつも食材を調達している店から買ったらしく、気楽に言い放つ。

『今度は理紗も一緒に行こうか。店長とバイヤーが、ぜひ奥様にもお会いしたいって言っていた』

食料品の買い物ごときで、店長とバイヤーにもてなされる世界。

駄目だ。これに慣れてはいけない。慣らしておいてもいけない。婿にきたのだからこっちのやりかたに慣れろとか古臭いことは言わないし、言うつもりもない。ただ、こちら側の感覚も知っておいてもらわなければ、やりづらい。

理紗はその旨を説明した。聡の買い物は富豪層の買い物であって、理紗から見ると少々つらい。一般市民の買い物も知ってほしいと。

もちろん、すべてこちらに合わせてほしいとは思っていない旨も説明をした。

聡が育った環境や価値観を否定するようなことはしない。半分は受け入れるから、半分は譲歩してほしい。

プライドの高い男性ならば機嫌が悪くなっても当然だったかもしれない。しかし、聡はわかってくれた。

『そうだな、俺と理紗は育った環境が違う。周囲にあったもの、食べてきたもの、それらから得られたもの、それぞれに違うんだ。婿に入ったからには伊藤家の常識をこの体に刻みこまねば』

……そこまで深刻にならなくてもいい。

しかしせっかく張りきってくれたのだから、ショッピングセンターの食料品コーナーで買い物を頼んだ。

メーカーと銘柄を指定して、牛乳、蕩けるチーズ。目についたものでいいから、ごぼう、にんじん、もやし。

品物を置いてある場所に悩むかもしれないが、難しくはない。庶民感覚の買い物を知ってもらえればよかった。

かなり迷ったようだが、さすがは聡である。彼は任務を遂行し、戻ってきたとたん買い物袋を静かに置いて廊下に倒れこんだのだ。

『……なかなか、未知の世界だった……。伊藤家の人間になるためには、この茨《いばら》の道をのり越えねばならないということなんだな……』

格闘技じゃないんだからとは思うが、彼にとってはそのくらい忍耐と根性を要するものだったらしい。

ちなみに、一番苦労したのはもやしだそうで、彼はもやしを知らなかったそうだ。

『青果ブースに従事するご婦人にレクチャーを受けた。大豆もやしというものが一番栄養価が高いようだ。なにかの間違いではないかというくらい安価ではあったが、そのわりに驚くべき栄養価。素晴らしいっ』

彼は豪《えら》く感動し、「そのうち万里小路のシェフにも教えてあげたい」とまで言っていた。

……シェフは……知っていると思う。

というか、社員食堂で理紗と同じものを食べていたのではなかったか、と突っこみたい。きっとお会計はツケで、食材を「これはなんだろう」などと考えずに食べていたのではないのだろうか。

さて、聡にそこまでやらせたのだ。半分は受け入れると言った手前、理紗も聡が贔屓にしている店に連れていってもらった。

食材の博覧会かと思うほど、別世界だった。気疲れするあまり、聡と同じようにマンションに戻ってから廊下に倒れこんでしまったのである。

セレブ出身の夫、庶民気質の妻。

上手く中和していくにはまだまだ時間がかかりそうだ。

「そういえば、昨日理紗と一緒に行った卸売りスーパーとやらは楽しかったな。十個も入っているのに五百円玉でおつりがくる卵とか、コンビニ以外でも売っているんだと驚いた。野菜もすごく安かったけど、意外といろいろあって。ひしゃげたトマトとか初めて見た」

「えーえーえー、楽しかったでしょう？　また行きましょうねー。百円玉一枚で買えるお菓子とかも売ってるんですよー。知ってました？」

「それはすごい！　それは食べられるのか⁉」

大興奮で腰を浮かせる聡。笑っても呆れてもいけない。彼は大真面目だ。

庶民の子どもの味方、駄菓子というものを知らない。たぶん。

「食べられますよ、もちろん。小学生のときは遠足のおやつとして大活躍してくれたものがいっぱいあります」

「遠足のおやつ……？　ああ、遠征学習でランチの他にシェフが持たせてくれる焼き菓子のことか」

「焼き……菓子……」

庶民思考の中にねじこまれてくるセレブな世界観。心の中の金属バットで打ち返し、理紗はにこりと笑って、動揺を悟られないために手を動かし目玉焼きを箸で四等分にする。

黄身が流れるか流れないかの絶妙な焼き加減。一切れ口に運んで聡を見ると、なにか言葉を待っているらしく期待をこめた目を向けていた。

咀嚼して飲みこんでから、彼を喜ばせる言葉を出す。

「今日も一緒に買い物に行きますか？　聡さんのお仕事がわたしと同じくらいの時間に終われば、ですけど」

「絶対に終わらせるっ。理紗と遠足のおやつを買うんだ」

三十年以上御曹司をやっていた婿は、猛然と張りきる。

「ところで、理紗がかけているから真似したんだが、目玉焼きに醤油って美味いものだな。岩塩と黒胡椒《くろこしょう》しかかけたことがない」

「……明日は卵かけご飯にしましょうか」

もしかしたら、すごい人と結婚してしまったのではないか。

日々、改めて思う理紗である。


結婚に至るまでが短かったせいか、細かいことを悩んでいる暇はなかった。

準備や手続きもスムーズにできたものの、おそらく聡のほうは面倒なことが多々あったと見られる。

なんといっても彼は婿入りしたのだ。

公的機関の氏名変更の手続きというものがある。

銀行、保険、クレジットカード、免許証やパスポート、携帯電話もそうだが各種会員登録の変更など。

かつて、大学時代の友だちが入籍した際、あまりにもたくさんありすぎて苗字が変わるほうばかりが忙しいことに憤り、「もう、名前変えなくてよくない⁉ 夫婦別姓でよくない⁉ なに、この面倒くささ、幸せ罰なの⁉」とキレまくっていたことがある。

そんな大変な思いを聡にさせてしまうのかと少々申し訳ない思いでいたのだが、機動力自慢のマデノの常務は動きが早かった。

『え？ 氏名変更？ そんなもの一日で終わったけど？』

あっさり言われて『……お疲れ様でした』としか言葉が出ない。

『さっさと伊藤姓になりたかったから、準備はシッカリしておいた。ウェブでできる変更手続きは入籍してから一斉送信できるようプログラミングしたから、なんの問題もないし抜かりもない』

さすがは、万里小路の苗字が嫌いで婿入りを決めた人なだけはある。

とはいえ、こんなに機動力に長けた人が婿になってくれたのは素直に嬉しい。聡自身が言っていたが、まさしく理紗が理想としていたお婿さん像そのままなのだ。

さらに言うところによると……。

『俺のＤＮＡが入ってるから、最高に顔がいい子どもができる』

とのこと。

『お義父さんにも言われているんだ。男の子でも女の子でも、綺麗な顔の孫ができそうで楽しみだって。何人作ってもいいぞってハッパかけられた』

……父、調子がよすぎる。

顔がいい子ができそうというのは間違いではないと理紗も認めるが、そこはあまり触れないでおきたい。……単に恥ずかしい。

だが、ふと不思議になるのだ。

聡は、三男だから自分は期待されずに育ったと言った。

本当にそうなのだろうか。子どものころは特別な期待はされていなかったとしても、常務としてこれだけ活躍して社内外で目立っている人だ。

今でも期待されていないなんてことがあるだろうか……。

「あっ、理紗、さっき総務の子が来てたよ」

グループミーティングからオフィスへ戻ると、すかさず真由子が声をかけてきた。

「例の件だと思うから、一応伝えておくとは言ったけど、ハッキリ断りなね？」

小首をかしげて困った顔。本来、その顔は理紗がしなくてはいけないのだが代わりにさせてしまって申し訳ない。

「断ってはあるんだよ。おそらく、違う理由で来てるんだよね……」

小さく溜め息をつき、自席の椅子を引く。理紗を訪ねてくる総務課女子は合コンを取りまとめている子で、いつも理紗に声をかけてくれていた。

聡との結婚によって合コンは全面的に禁止された。当然である。

それなので、結婚を決めた時点で合コンは一切断っているのだ。もう参加はできないとハッキリ言ってある。

それでもちょくちょく理紗に会いにくるのは、明らかに違う理由があるからだ。

「なんかね……疑われちゃってるんだよね」

椅子に腰を下ろしながら言葉を出す。真由子が首をかしげたまま止まったので椅子が軋《きし》む音で聞こえなかったのだろうかと思ったが、彼女はすぐに理紗の耳に顔を近づけた。

「常務とラブラブ新婚ほやほやだって、バレたの？」

「ラブラブとかほやほやとか、すっごく盛ったね」

最初に決めたとおり、結婚の事実を会社では公表していない。

それなので、急に合コン参加しない宣言をした理紗は、彼氏ができたのではと疑われているのである。

ただし、会社のすべての人間に秘密にすることは不可能だ。聡の親族はもちろんだが、各種変更手続きの関係で総務課の部長だけはふたりの入籍を知っている。……とはいえ、総務課の部長は万里小路一族のひとりだ。

理紗は、真由子にだけ婿が見つかったことを話した。

彼女は理紗が合コンに明け暮れていた理由を理解してくれていた親友だし、事情を知っている人の力を借りたいときもあるかもしれない。

常務が婿入りしてくれたなんて驚かれるだろうと思っていたのに「なんとなくそんな気はしてた」と微笑ましげに言われてしまった。

変に追及されなかったのは助かったが、なにかを見透かされていたのかと思うと……ちょっと、恥ずかしい。

「あれでしょう？　合コンの話にのらなくなったから、彼氏ができたのか聞きたがっているってところなんでしょう？」

「ピンポーン、さすが真由子サン」

「疑いたくなる気持ちもわかるけど、ちょっと困ったね」

「そのうち諦めると思うけど」

できたのは彼氏どころではない。話が広がれば騒ぎになるのは目に見えている。せめて、なんとなく自然に少しずつ周知されていって、気がついたらみんなが知っていた、という感じにはできないものだろうか。

（さすがに、都合がよすぎるかな）

苦笑いが漏れる。そのときオフィス内がにわかにざわつき、顔を向けた真由子が口を開けて驚きの表情を作った。

何気なく同じ方向を見やる。すぐに理紗も目を見開いて息を止めた。

――秘書と側近を従えてオフィスに足を踏み入れたのは、万里小路会長、聡の祖父だったのだ。

「これは会長。どうされました？」

朗らかな笑顔で席を立ち迎えたのは、秘書課課長である。重鎮の突然の来訪に固まる課員たち、それをカバーするがごとく会長に歩み寄っていく。

課長はマデノの長男、副社長の秘書だ。そのため会長とは面識もあり、直接接する機会もある。今ここでもっとも頼りになる人物だろう。

同僚たちが羨望の眼差しを向ける中、理紗は微笑ましい気持ちになる。

課長は社食仲間だ。昼食中は小学校に上がったばかりの一人娘の写真を見ては、表情筋を最大限にゆるめている。

ときどき「今朝は一緒に朝食が食べられなかった」と言ってはしょんぼりしている姿を知っているぶん、こんな頼もしい姿を目の当たりにした日には、娘さんに見せてあげたいですねとほんわりしてしまうのだ。

「なにかご用でしたか？　ご連絡くだされればこちらから伺いにまいります」

「いやいや、社長のところへ行った帰りで、ただの気まぐれだよ。気にしないでくれ」

おだやかな老紳士といった風貌だが、トップに立つ貫禄《かんろく》は十分な御仁。気まぐれに覗きにきたという体だが、課員たちはいきなりの視察に気を張っている。

「……年寄りの気まぐれって、ときどきすっごく迷惑だよね……」

そばに立つ理紗にしか聞こえないような小声で呟いたのは、真由子である。

彼女の実家は母親と父方の祖母が冷戦状態で、いわゆる嫁姑戦争真っただ中だ。母親軍である真由子は、高齢の方々の「気まぐれ」と「若い者はこれだから」という言葉が嫌いである。

張り詰めた空気の中、理紗はなんとなくいたたまれない。

会長が気まぐれに顔を出したのは、理紗の様子を見にきたのではないかと思えて仕方がないからだ。

課長と言葉を交わす会長をじっと見ていると、オフィス内を探るように見ていた会長と目が合った。

「……つつがなく、過ごしていますか？」

空気がざわついた。顔の向き、さらに隣にいる真由子は顔をそらしていたため、明らかに会長は理紗に話しかけている。

万里小路会長が、一介の女子社員に声をかけた。それも気まぐれで立ち寄った部署で。ここはどう返すべきか、理紗の思考が急速回転する。

（わたし……⁉　わたしですか⁉　つつがなく、っていうのは、あれですか、結婚生活のことですか⁉　聡さんとの結婚は会社ではまだ公表していないんですが、わかっていらっしゃいますよねぇ⁉）

パニックに陥りかける思考。しかし秒でスンッと冷める。

考えすぎてはボロが出る。

万里小路会長は、あくまでも秘書課の平社員に声をかけただけだ。

「はい。おかげ様で、充実したお仕事をさせていただいております」

にこりと微笑んで好感度完璧の笑顔。にわかに周囲にもホッとした空気が漂う。

「そうか、それはなによりだ」

そううなずくものの、声のトーンに含みがあるように感じてならない。

（……まさか、ボロを出させようとした……とかじゃないですよね）

疑いにとらわれないよう、すぐにその考えを打ち払う。そのあと会長はすぐにオフィスを出ていった。

張り詰めた空気が消え、おのおの仕事に戻っていく。課長が理紗に笑顔で親指を立ててきたので、会長への受け答えを褒めてくれているのだと察し、理紗も「パパかっこいいっ」と課長の娘になった気分で笑顔を返した。

「あれさぁ、絶対理紗の様子を見にきたんだよね……」

真由子が口の横に手を当てて声を潜める。理紗も苦笑いで声を小さくした。

「たぶんね。孫の様子を知りたかったのかもしれないけど……ここで聞かれるのは困るな」

「わざとだったら意地悪だよ。いやだなぁ、嫁いじめ？　あ、いや、理紗の場合は言いかたが違うのかな。会長みたいな人でも、そのへんのジジババと同じことするんだな。ちょっとガッカリ」

「ん～、そうじゃないことを祈るよ。さっ、仕事しよう、仕事っ」

真由子にこの手の話をさせては闇が深くなるだけだ。理紗はポンっと彼女の背を叩き仕事再開をうながす。真由子が自席に戻ると、理紗も椅子に腰を下ろした。

三男だから。自由だから。期待されていないから。ついでに万里小路の苗字が嫌いだから。そんな理由を口にして婿入りを決めた聡。

結婚報告で〝ひとまず〟結婚の承諾をくれた、万里小路家最高権力者である祖父。

放任されていたというのとは、なにか違うものを感じて仕方がない。

(会長が秘書課に顔を出したこと、言わないほうがいいかな)

軽く肩を上下させながら息を吐き、仕事を再開させる。ほどなくして、自席に戻ったはずの真由子がこそっと寄ってきた。

「一応聞くんだけど、理紗は今日も社食?」

「え?　そうだけど」

「いつもの時間?」

「うん」

遅めの社食ランチはいつものこと。いまさらなにを。そんな気持ちで返事をすると、眉を寄せた真由子は明らかに不満顔だ。

「もう、遅めに行く必要はないんじゃない?　オフィスには誰かしら残ってるんだから、理紗が遠慮する必要もないし」

遅めに行く必要、で言わんとしていることに気づく。理紗が今まで昼食を遅い時間にしていたのは、婿探しの一環だった。その目的は達成したのだから、わざわざ遅くする必要はないと言いたいのだ。

理紗がお昼を遅くすることで、お昼休みに人がいなくなるオフィスの留守番役にもなっていた。そのため時間を戻せないのだと思われている。

とはいえ、お昼にいつも残っているのは理紗だけではない。仕事中や役員の外出待ち、来客や打ち合わせ、またオフィスでお弁当を食べる人などもいるので、昼休みの時間を正常に戻したところでなんの不都合もない。

どうして急にこんな話をしだしたのかと思えば、真由子は外出用のスマホポシェットを片手にウキウキした顔で理紗を見ている。

腕時計を確認するとすでに短針と長針が重なり合う時刻で、お昼休みに入る課員もちらほらと窺《うかが》える。

どうやら真由子は「一緒にお昼に行こう」と言いたかったらしい。

「もしかして、一緒に行こうとか言う?」

「うんっ。もちろん」

「真由子、彼氏は？」

タイミングが合うときは、真由子はだいたいマデノに勤める他部署の彼氏と一緒にお昼をとる。そうでないときは他部署の同期女子と一緒が多い。

「出張なんだ。明後日帰ってくるの」

「それで、お昼の友にわたしを選んでくれたんだ？」

「彼氏がいないからとかそういうんじゃないよ。理紗とお昼に行けるのなんて貴重でしょう。やっと機会がめぐってきたんだし。……ほら、新生活の話も聞きたいし……」

同じ部署なのに、一緒にお昼に行ったことはほとんどない。行けるようになって嬉しいらしいが、どちらかといえば、新生活の話が聞きたい、のほうがメインのような気がする。

「ん～。行きたいのはやまやまなんだけど、もう少し、遅い時間の社食通いを続けようと思って」

「ええっ、どうして？」

「合コンの一件みたいに、いきなりやめてあらぬ噂が立ったらいやだし。自然に自然にフェードアウトしたいんだよね」

「自然に自然に……。そっかぁ、理紗は事情が特殊だもんね。慎重になったほうがいいってことか。合コンのほうはいきなりやめたから面倒なことになってるしね」

真由子はスマホポシェットを斜め掛けにすると、フンッと鼻息も荒く片手で握りこぶしを作った。

「わかったっ。あたしも協力するからね。自然に自然に～だね。じゃあ、あたしお昼に行ってくる」

「うん、いってらっしゃい」

手を振って真由子を見送る。実に素直で物分かりのいい友である……。

(ごめん！　真由子ぉっ！)

心の中で、盛大に真由子へ土下座をする。

遅い時間の社食通い、自然にフェードアウトしたいというのは実はそんなに重要視していない。もうひとつ大きな理由があるのだ。

——聡と社員食堂で待ち合わせをしている。

『結婚したことを意識して、いきなり社内で会わないようにするっていうのもどうかと思うんだ。だから、理紗は今までどおり社食通いをして、俺も偶然を装って同席を決めこむ社食友だちを続ける。とか言って、理紗と昼くらいは一緒にいたいっていう下心なんだけど』

理紗にだって聡に会いたいという下心がある。

結婚した事実をかくして今までどおりに振る舞う。それはいつまで続くのだろう。無理だとはわかっていても、自然に自然に周知されて、気がつけばみんなが知っていた、というのが理想なのだが……。

(数年かけてじっくりと攻めていけば、それも夢ではないのでは……)

なんとなくそれらしい雰囲気を察した人たちの軽い世間話から何気ない噂が生まれ、もしかしてと疑いを持った人たちがふたりを観察しはじめて、これは間違いないのではというところから周知が広がり、しかしふたりが公にしていないことから騒ぎ立ててはいけないのだと察し、暗黙の了解ができる。

(完璧)

こうなるべきだ。こうならなくちゃいけない。結婚を周知されるまでの良案に、希望をこめずにはいられない。

……いささか都合がよすぎるな、とは自分でも思うが、都合よく思っておいて、そのとおりになれば願ったり叶ったりだ。

(待てよっ)

気分がよくなったところで、そこに入りこむ慎重すぎる〝でも〟な思い。

自然に……などとのんきに考えているうちに理紗が妊娠でもしたら、一発で公になるのではないか。

話し合ったことはないが、そんなに早く子どもを作る予定はない。が……。

（聡さん……結構エッチだし、しつこいし……）

しつこいエッチを思いだしてしまったわけではないが、頬が熱くなってくるのを感じる。誰に見られているわけでもないのに「なんか熱いなぁ」と呟きつつ片手でパタパタと顔を扇いだ。

当然それだけで顔の熱が冷めるわけもなく、両手で頬を押さえてうつむく。

父の勇に孫を期待しているような話もされたらしい。あまり急いでその気にならないよう、一度しっかり話し合ったほうがいいかもしれない。

理紗だって聡との子どもが欲しくないわけではないが、落ち着いてからのほうがいいと思う。

「伊藤さん、大丈夫?」

いきなり顔を覗きこまれ、「ひっ」と声が出て身体が引ける。椅子のキャスターがわずかに動いた。

デスクの横に立っているのは、ふたつほど先輩の男性課員だ。通りすがりだったのだろう、片腕に山ほどファイルをかかえて不思議そうな顔をしている。

「顔を押さえて下を向いてるし、具合でも悪いのかなって。『熱い』とか言ってたし」

「あっ、いえ、そういうわけでは……」

理紗の様子がおかしいと心配してくれたようだ。気遣ってくれたのに「ひっ」なんて不審者にでも遭遇したかのような声を出してしまって申し訳ない。

「大丈夫です。ありがとうございます。ちょっと暑いかな、って」

アハハと笑ってごまかし、手でパタパタと顔を扇ぐ。

「暑い？」

何気なく天井付近を見やる男性課員。理紗の席付近だけ暑いのかと思ったのだろう。そんなわけはない。オフィスの空調はいつも完璧だ。

「体調のせいだと思うんですけどね。大丈夫ですよ」

さらに笑顔でごまかすと、それで納得してくれたらしく「気をつけてね」とさらに気遣って立ち去っていった。

優しくていい人である。

これで、すでに親が二世帯住宅を建てて嫁待ちをしている長男じゃなかったら、婿候補リストに入っていただろう。

いい先輩のおかげで顔の熱も引いてきた。とにかく、仕事中に顔が赤くなってしまうようなことを考えるのは極力避けよう。

気を取り直して仕事に取りかかる。このところ、お昼休みに社員食堂へ行くのが以前よりも楽しみになっていた。

理由はもちろん――お婿さんに会えるからである。


「ごめんね～、理紗ちゃん、日替わりスペシャル、ついさっきの注文で終わっちゃったんだよ」

いつぞやも、こんなセリフを聞いた覚えがある……。

社員食堂のカウンターで、理紗は市多のセリフにちょっとしたデジャヴを覚えた。

日替わりスペシャルは人気メニューだ。遅めの昼食時に残っていないのは珍しくない。

「いいよいいよ、気にしないで、市多さん。じゃあお魚定食にしようかな。今日のお魚はなんです？」

言ってからハッとする。このセリフも、そんなに昔ではない過去に言った気がする。

「鯖の味噌煮。理紗ちゃん、好きだったよね」

（あ……思いだした）

合コンでひと悶着あって、聡が婿入りを決めた日。確かこんな会話をした。

味噌煮の煮汁をかけたご飯が美味しいと、聡が絶賛していた。同じように注文したら、また煮汁がかかったご飯を欲しがるだろうか。

（ほんっと、気さくで庶民的、って雰囲気は醸し出しているくせに、お坊ちゃま君だよね。庶民のアレンジを知らないっていうか……）

ふと、思いつく。

「市多さん、目玉焼きが欲しいんですけど、オプションで付けられるメニューって残ってます？」

「ハンバーグランチにならつけられるよ。目玉焼きが食べたいのかい？」

「はい。……で、こっそりお願いがあるんですけど……」

上目遣いでカウンターから身を乗り出すと市多が察して耳を近づける。こっそりお願いを口にした途端プッと噴き出され、満面の笑みで親指を立ててくれた。

しばし待ち、できあがったハンバーグランチのトレイを受け取る。目玉焼きがお願いしたとおりの状態になっていて、聡が見たらどんな反応をするかとわくわくした。

いつもの指定席を目指し、相変わらず横に広がるウンベラータの陰に入る。

「きゃっ」

誰もいないと思ったのに、死角だったテーブルの角に人が立っている。見覚えのある男性だ。年のころ二十代後半、ほどほどに整った顔。彼は……。

人生最後になった合コンで理紗に絡んだ、開発事業部の畑山だ。

「あ……、すみません。誰もいないと思ったもので……」

さりげなく後ずさり、そのままテーブルを離れようとする。畑山はトレイを持っていない。食事をするでもなくただ黙ってここに立っていたのだ。

理紗を待ち伏せていたのだろうか。

すると、案の定腕を摑まれた。

「待ってくれ、理紗ちゃんが来るのを待っていたんだ」

「り、りさちゃんって……」

困るあまり情けない声が出る。ここは合コンの場でもなければ、他部署の彼と特に親しいわけでもない。そんな親密に呼ばれるいわれはないのだ。

「あのときは、ごめん」

「あのとき……」

「あの夜だよ。ふたりで抜けようとした」

それはわかるが言いかたがよろしくない。あのとき、とか、あの夜、とか意味深にもほどがある。おまけに、ふたりで抜けようとしたなどと言われると、合意の上のように聞こえる。

「つまりは、一ヶ月前の合コンで、開始前にあなたが具合の悪いふりをしてわたしを騙してビルの外へ連れ出し、あわよくばそのまま抜け出してあらぬ場所へ連れこもうとした日のことを言っているんですね？」

真実だけを述べていく。さすがに畑山もひるんだ。

「うん、まあ、そうなんだけど……」

気まずそうにするものの、気を取り直した様子で理紗を見た。

「本当に、申し訳ないことをした。君のことを誤解して、ずいぶんと失礼なことを言ってしまった。本当に、ごめん。すぐに謝りにいけばよかったのに、それもしないで……」

「そう言っていただけただけでいいですよ。誤解が解けたなら、わたしは満足ですから」

謝罪とか、そういったものは求めていなかった。おかしな誤解がひとつ減ったのなら、謝られるよりそのほうが嬉しい。

ついでに早く放してほしい。畑山は理紗の腕を掴んだままだ。

「あのとき、ほら……常務に見られて、気まずくて……。なかなか君のところに足が向かなくてさ。本当にごめん」

「いいですよ。一ヶ月も前の話ですし、もう気にしていないです。合コンは数合わせでも参加するのはやめたので、おかしな誤解もそのうちなくなると思うし」

「いや、それ、別にやめなくてもいいと思うんだ」

「は？」

不審な声が出てしまった。誤解のもとになっていたものをやめると言っているのに、やめなくていいと言ってくるのはなぜなのだろう。

「ほら、あの噂もさ、一部の男連中が面白がって言っていただけだし。実際、理紗ちゃんはそんな女の子じゃないし。楽しい集まりが好きなら、どんどん参加すればいいと思うんだよ」

「それでも、参加はやめたので……」

「そう頑なにならなくても。理紗ちゃんは参加するのが好きなんだろう？　じゃあ、いいじゃないか。理紗ちゃんが参加すると人の集まりがいいって聞いたよ。人気者なんだね」

必死に参加を勧めてくる。いきなり謝ってきたことといい、いったいなんだというのだろう。

（でも……あれ？）

人の集まりがいいと、誰に聞いたのだろう。

「参加する、しないを、君がとやかく言う必要はないんじゃないのか？」

その声とともに日替わりスペシャルのトレイがテーブルに置かれる。顔を向けると同時に軽く肩を抱き寄せられ、畑山の手が離れた。

「合コンには二度と参加させないから、君を焚《た》きつけた総務の女の子にもそう言っておきなさい」

聡だった。ためらいもなく理紗の肩を抱き、凛々しい常務の顔で畑山を見据えている。

困惑するのは当然畑山だ。理紗の行動について話をしているのに、なぜそれを常務が決めようとするのか。

「謝りにきたことは評価する。だがそれも総務の女の子に言われたからだろう？『畑山君が謝らないから伊藤さんが参加しなくなった。畑山君のせいだ、伊藤さんに土下座でもなんでもして謝って』と言われたらしいね」

「土下座……」

それはまたすごい話になっていたようだ。彼氏ができたのかと疑っているだけかと思っていたが、合コン復活ももくろんでいたらしい。

「実際、伊藤さんが参加しなくなったのは君のせいでもなんでもない。安心していい。ただ、今後一切、その手の話は持ちかけないでくれ。――俺の精神状態に悪い」

聡は言葉を選んだほうがいいのではないか。一連の彼の発言は、会社の上司が庇《かば》ってくれているというよりは、特別な関係にある人が牽制しているという雰囲気だ。

畑山もそれを感じたのだろう。言葉が出ないほど戸惑いがあらわだ。しかし聡が涼しい顔で理紗の肩を抱き寄せ、寄り添っているのを見てやっと結論が出たようだ。

「あ……そういうこと……、えぇっ？」

不躾にもふたりを指さし、挙動不審な声をあげ、しかしすぐにハッとして深々と頭を下げた。

「しょ、承知いたしましたっ。このたびは、大変申し訳ございませっせんっ」

動揺は隠せない。言葉を詰まらせ呂律がおかしくなるが、畑山は真面目な顔で頭を上げ立ち去っていく。

唖然《あぜん》として見送ってしまったが、まだ肩に手がのっているのに気づいて、聡から離れながら手を外した。

「な、なに言ってるんですか、まずいでしょう、あれ」

困り顔で睨みつけ、小声で怒る。

「ほら、恋人が、俺の彼女に気やすく声をかけるな、って言ってるみたいな感じでしたよ。畑山さん、なんか気づいたみたいだし」

「恋人じゃなくて、夫の立場で言った」

「ちょっ……」

持ってきた日替わりスペシャルのトレイを理紗の前に移動させた聡は、理紗が持っていたハンバーグランチを手にして椅子に腰を下ろす。

「こっち、ちょーだい。日替わりスペシャルと交換」

「それはいいですけど……」

もともと、聡に見せてあげたくて頼んだものだ。交換するのはまったく構わないが、それよりもっと聞きたいことがある。

「聡さ……じょ、常務、どうしてあんな言いかたをしたんですか。あれは、ちょっとマズいと……」

「これ、どうしてご飯の上にのってるんだ?」

理紗の焦りを知ってか知らずか、聡は不思議そうにハンバーグランチを指さす。目論みどおりに目をつけてくれた。喜びのあまり咎《とが》めていた言葉が止まる。

おまけに聡はビックリ箱を開ける前の子どものように、わくわくした顔で理紗を見ている。追及は後回しにせざるをえない。

「今朝、目玉焼きに醤油をかけても美味しいって言ってたじゃないですか。なので、それ食べさせてあげたいなって……」

　本来ハンバーグの上にのせられるべき目玉焼き。それがご飯の上にのっている。市多に頼んだ特別製だ。

「どうやって食べるんだ？　このままご飯と一緒に、とか？　しかしそれだと豪快すぎてシェフに叱られるレベルになる。それならご飯から外して……」

　豪快すぎてシェフに叱られる……。このお坊ちゃま君め、と心の中で悪態をつきつつ、聡のはしゃぎっぷりに胸がきゅんきゅんする。

「黄身がトロトロですから、それを割ってお醤油をかけて、白身と一緒にご飯に絡めながら食べるんです。おかずがいらないくらい美味しいですよ。我が伊藤家では〝目玉焼き丼〟と呼ばれて親しまれているメニューなんです」

「なるほど、つまりこれは伊藤家の味というやつなんだな」

　張りきった聡は箸を取り、理紗が言ったままに黄身を割り醤油をかけて白身とともにご飯に絡める。「いただきます」と手を合わせてからぱくっと口に入れた。

「うわっ、なんだこれ、美味いなっ」

「でしょぉ～」

「伊藤家の味最高」

そのまま喜んでパクパク食べ進める聡を見ていると気分がいい。世間的に浸透している食べかたなので伊藤家で開発したわけでもないが、ちょっと優越感に浸ってしまった。

「ディナーもこれでいいかも」

「さすがにそれは……」

極端である。

食べながら聡の視線がちらっと上がる。探るような視線だったのが気になって小首をかしげると、箸を止めてふっと微笑んだ。

「もう怒ってない？　さっきのこと」

「さっき……？　あっ」

言われて思いだす。こんな聞きかたをするということは、聡も理紗が困ることを言ったという自覚はあるようだ。

一度グラスのお水を口に含んでから小声で問い質した。

「どうしてあんな言いかたしたんですか？　聡さんが『また絡んでいるのか』と言うくらいで引いたと思いますよ。あそこまで言っちゃったら、なんていうか、特別な関係だから庇いに出てきたって感じがして……」

「そのつもりで口を出した。総務の子が怒っていたんだ。畑山君が伊藤さんがいやがることをしたから、伊藤さんが参加してくれなくなったのは畑山君のせいだ、って。間違いではあるけど、畑山君がまた理紗に絡むのが気に入らなくて、あんな言いかたになった」

「でも……あれは」

「うん、多分、俺が止めに入った合コンの日に、理紗の話を聞くとかなんとか言ってお持ち帰りして、そういう関係になってると思われただろうな」

軽くハハハと笑うので理紗は開いた口がふさがらない。会社でいつまで秘密にしておけるか、理紗は真剣に考えているというのに聡の軽さときたら。

じわじわとイラついてくる。再び箸を動かした聡はのんきにハンバーグを食べはじめた。

「……こうやって、少しずつ疑いを持つ人間が増えていくと、いつの間にかみんなに知れ渡る」

「知れ渡る……」

「噂が憶測を呼び、そのうち結婚していることも知られるだろう。じっくりじっくり広がっていって、気がつけばみんなが俺たちのことを知っているようになる。衝撃の少ない、無理のないプランだ」

眉が上がって驚いた表情ができあがる。自然と自然と広がって、いつの間にか周知されている。それは理紗の希望でもあった。

聡も同じように考えてくれていたのだ。考えるだけではなく、そうなるための種まきをしている。

理紗はただ悩むことしかできなかったのに。

「……聡さん、すごい。わたしも、同じことを考えていました。いつの間にか周知されていればいいいって」

「だろ？　婿だから、理紗が考えていることはわかるんだ」

「嬉しいし、感動です。なんか、すっごく抱きついて喜びたい」

「いいよ。たっぷり抱きついて」

ちょっと色っぽい口調で言われてドキリとする。理紗も箸を取り、気を取り直して聞いてみた。

「もしかして、他にも匂わせを仕掛けた人、います？」

「合コンのことをよく話してくれる総務の子と、社食の市多さん」

種をまく人選が秀逸だ。

——意外と、周知される日は早いかもしれない……。

結婚して、三ヶ月が経った。

まだ新婚といっても許される時期だからかもしれないが、喧嘩や生活のすれ違いというものもなく平穏な毎日である。

問題だった育ちの環境からくる認識の違いについては、最初に提案したとおり、お互いを半分ずつ受け入れ譲歩する部分は譲歩して、万事すり合わせながらいい感じに混じってきたのではないかと思う。

婿をとったからといって、嫁になる結婚生活と大きく違うとも感じない。

実に上手くいっている。想像以上に上手くいっている。

……のだが……。

「なにが不満なの？　贅沢だよ、理紗」

我が儘を言う子どもを叱るように両手を腰に当てて眉を寄せるのは、真由子である。

給湯室で、ふたりは重役秘書の先輩がボスから賜った出張土産のバームクーヘンを切り分けていた。

結婚の事実を知っている人物とふたりきり。もちろん「新婚生活は順調？」と聞かれた。

結婚して三ヶ月だが、真由子とその話はほぼしていない。絶好のチャンスと思ったか、彼女は顔全体でわくわくを表している。

公表していないので大っぴらに話せないのはもちろんだが、真由子とプライベートな話ができるような時間がとれないのだ。

昼は相変わらず遅めの時間帯に聡と食べているし、終業後は聡と買い物をして帰るか先に帰って夕食の支度をする。新婚だからと気を使っているのだろうが、真由子も仕事が終わったら飲みにいこうとか食事にいこうとか誘うのを控えている様子。

それなので、これは絶好のチャンスと踏んだに違いない。

また理紗も、これは話を聞いてもらえる絶好のチャンスと思った。

ひとつ、話を聞いてもらいたいことがあった。「順調？」と聞かれたので「う～ん、実はさぁ……」と溜め息をついてしまったところ、いきなり叱られてしまったのである。

「あたしはさぁ、幸せいっぱい夢いっぱいでラブラブしてる新婚さんの理紗を期待したのに、なんなの、なんなのその溜め息はっ。まさか、すでに夜のエッチがなくなってお互いにさわりもしない倦怠期《けんたいき》に入ったとかなの？」

「そっ、それはないそれはないっ。聡さんしつこいし、胸とかさわるの大好きだしっ」

ついムキになって言い返してしまった。ラブラブしている新婚さん、のところはそのとおりなのでなんとも思わないが、夜のエッチがなくなるどころか相変わらずだし、お互いさわりもしないどころか聡は暇さえあれば理紗にさわっているし……。

が、……胸のくだりは余計だったかもしれない。

案の定、真由子はそこを追及する。

「常務って……おっぱい星人なんだ」

「その言葉、学生のころ、男子が面白がって言ってるのを聞いたことがある」

「さわりたくなる気持ちはわかるよ。理紗、トランジスタグラマーってやつだし」

「その言葉も、特定の女優さんがテレビに出てくるたびにお父さんが……」

「ええいっ、彼氏が古いお笑い番組とか好きだから覚えちゃってるんだよっ。いちいちうるさいっ。とにかく、倦怠期《けんたいき》ではないのね？」

食器棚から取り分け用の紙皿を出し作業用テーブルに並べると、真由子は改めて腰に手を当ててフンッと鼻息を荒くする。

「これでも心配してるんだよ。結婚するとき、『高嶺の花がお婿さんとか、大丈夫かな、信じられないよ～』ってワタワタしてたから」

いい友である。真由子には打ち明けておいてよかったと心から思える。

理紗はカットしたバームクーヘンを紙皿に分けながら心に引っかかっていることを口にした。

「ありがとう、真由子。夫婦仲のことじゃないんだ。……実家の会社と、聡さんのことでちょっと……」

「理紗の実家の？　なにか問題あるの？　いずれ常務も会社の経営に加わるんでしょう？」

「うん。そのうちっていうか、ちょくちょくお父さんや役員たちと会っては、業務内容とか仕事の進めかたについて話をしてるんだよね。そのたびにお父さんも大絶賛で『いい婿がきた』ってむせび泣いててさ」

「うんうん、婿と舅《しゅうと》がわかり合うっていうのは、すっごくいいことだと思うよ」

……真由子が言うと実感がすごい。

「で、建設業界の最新の動きとか、これからの展望とか、この業界に従事する人間はどう動くべきかとか、小難しそうな話をすっごくすっっっごく、わかりやすく社員の前で講演してくれたりもした」

「ええっ、すごいっ。社員さんたち、真剣に聞いてくれたんじゃない？　なんたってゼネコンの常務が講演してくれたんだから。っと……講演費は、出たの？」

「聡さんが受け取るわけがないでしょう。『マデノの常務としてではなく、伊藤家の婿として話をさせてもらいたい』って、張りきっちゃってさ」

吐き捨てるように言うものの、顔がニヤついてしまう。そのセリフを言ったときの聡を思いだすと「ああ、わたしのお婿さん、かっこいい」と何度でも感動できてしまうのだ。

しかしそのあと、肝心の悩みを思いだし気分が下がる。

「講演はさ、大盛況だったんだよ。みんな真剣に聞いてくれていたし。でも……ゼネコンの常務が講演にきたっていうのが、一部の社員さんは気に入らなかったらしくて……。『大企業の常務様がご指導くださった』なんて揶揄《やゆ》している声も聞こえてきて……」

「常務が理紗のお婿さんだって、社員さんは知ってるんじゃないの？」

「知ってる人は知ってるし、知らない人は知らない。マデノではまだ公表してないからさ、隠してるわけじゃないけど大々的にするのもね。そのあたりは時期を見てからと思ってるんだ」

「まあ、確かに。……それで、一部の社員に受け入れてもらえなかったから、理紗は気にしてるの？」

「うん、そう」

「ひがみ……とか驚きとか、そんな気持ちで軽口叩いちゃってるんじゃないかな。ほら、田舎に有名人が来るとさ『こんなところにまで稼ぎにこなくても』とか、悪意のない憎まれ口が聞こえてきたりするじゃない」

「うん……」

気のない返事をして、理紗はバームクーヘンをのせていたカットボードをシンクに運ぶ。誰もが喜んで受け入れてくれるわけじゃないのはわかっている。興味のない者だっているだろうし、からかう者だっているだろう。わかっているけれど……。

「もしかして、常務が気にしちゃったの？　ちゃんと話を聞いてくれなかった社員もいた、と落ちこんだとか？」

カットボードを洗う背後で、真由子は紙皿を大きなトレイにのせていく。「でも常務が落ちこむなんて、想像できないな」と小さく呟くのが聞こえた。

そのとおり、聡は落ちこんでなどいない。人の前で話す機会の多い立場だ。一部の人間が話を聞いていないぐらいで気落ちしていては、仕事にならない。

ただ理紗が、気にしてしまっているだけだ。

「あの、ね、違うの。聡さんをからかったりする人がいるのが悔しくていやだったの。わたしのお婿さんになんか文句あるのっ、て……」

そのうちイトウ建業のほうでも活躍してくれる人だ。聡には気持ちよく仕事をしてほしいし、聡を悪く言われたくない。

重役を含め役員は、ゼネコンで活躍している常務が力になってくれるというのがどういうことか、よくわかっている。揶揄していたのは、主に現場作業に出ている社員たちだ。

現場を知らないお偉いさんが綺麗事を並べ立てている。そう言いたい雰囲気を感じた。つらいのは、その中に圭介も含まれるということだ。彼は現場監督として活躍しているので、立場としては現場作業員たちの味方だ。

圭介は、いまだに実家などで顔を見ると聡を牽制する。なかなかなじんでくれない。彼にとって、聡はまだ〝オレが許可した理紗の婿〟ではないのだろう。

反して聡は、とてもフランクに「おにいさん」と呼んで懐いている。

洗い終えたカットボードを水切り台に立てる。すると、背後から回ってきた腕にふわっと抱きしめられた。

「もー、かわいいなぁ、理紗は」

理紗の頭に頬擦りをして、真由子が嬉しそうな声を出す。

「お婿さんがからかわれて悔しいって、ムカムカしてるのほんとかわいい。お婿さん想いの、いいお嫁さんだね」

「あ、ありがとう」

そんなふうに褒められると照れてしまう。けれど、ちょっといい気分だ。

「大丈夫だよ。〝あの〟常務だよ。そのときになれば、絶対上手くやるって。杞憂《きゆう》だったなーって大笑いできるよ、きっと」

明るい声でそう言われると、そうだといいな、きっとそうなる、と思えてくる。やはり持つべきものは事情を知る友である。

「ありがとう、真由子。なんか元気出たよ」

「ほんと？　よーし、じゃあ、理紗はもちろん常務も元気いっぱいになれる提案をしてあげよう」

「なに？」

「新婚さんだし、もうやってるかもしれないけど……」

耳に口を寄せ、小声で〝元気いっぱいになれる提案〟が囁きこまれる。――が、聞いた瞬間、理紗は慌てて振り返った。

「むっ、ムリっ。それは無理っ」

「えー、どうしてー？　常務は絶対喜ぶよ、おっぱい星人だし。元気いっぱいすぎて破裂しちゃうよ」

「破裂って、どこがっ」

「どこって……」

「言わなくていいっ」

元気いっぱいになる提案は、性的なテクニックに関するものだった。理紗も知識上では知っているが、やろうと思ったことはない。

だいいち、盛大に恥ずかしい。――確かに、聡は喜ぶかもしれないのだが……。

「今晩やってあげなよー」

「無理だってばっ」

興味がないわけではない。やってみて失敗しても、聡なら笑って許してくれそうだ。

（やってみようかな……）

ドキドキと胸が熱くなるものの……。

――しかし、興味VS羞恥の戦いは、かろうじて羞恥が勝利するのである。


十一月には理紗の誕生日がある。

平日であるうえ、その日は聡の海外出張が入っていた。

彼はなんとかずらせないか手を尽くしたようだが、今回ばかりは視察先の都合を優先しなくてはならないので無理なことはできない。

それでも、誕生日の翌日には戻ってこられるというので、その日はお泊まりの予定を立てたのである。

誕生日プレゼントには洋服を買ってくれるという。

「部屋着とか、ふたりでちょっと出かけるときとか、理紗に似合いそうだなって思うものを見つけてあるんだ。俺のセンスで選ばせてもらっていい？　休みの日に買いにいこう。試着したほうがいいだろう？」

部屋着やふたりでちょっと出かけるときと聞いてホッとしてしまったのは、洋服をプレゼントと言われて、どんなドレスが登場するのかとビクビクしてしまったせいもあるし、宝石とか妙に豪華なものを提案されなくてよかったと思ったからだ。

聡はセンスがいいので楽しみでもある。

出張を翌週に控えた土曜日、誕生日プレゼント選びのデートが決行されたのである。

――しかしそれは、予想を上回るプランだった。

聡が理紗を連れてきたのは、高級百貨店のレディースブランドフロア。

すぐさま個室に案内され、あらかじめ用意されていた洋服を試着していくことになったのだが、用意されていたのは一着や二着ではなかった。

「理紗かわいい、最高」

聡が凛々しい微笑みで親指を立てれば、背後に控えるショップの店長からフロアマネージャーまでが笑顔でうなずく。彼が試着サポートのスタッフに視線をやったので、今着て

いるワンピースはお買い上げ決定らしい。

「それじゃあ、次」

「聡さん？　まだ着るんですか？」

まさかの思いで発せられる理紗の問いに、聡は嬉しそうな微笑で答える。「ささっ、奥様、こちらへ」とスタッフにうながされ、理紗は何度目になるか忘れてしまうほど行き来した衝立の向こう側へ引っこんだ。

「こちらのトップスとスカートのセットになります。ご着用のあと、ショールをお付けいたしますね。とてもやわらかくあたたかいお品で、膝掛けにもできますし、オープンカフェなどでも椅子に敷いたり、便利ですよ」

スタッフの女性に洋服を説明される。シンプルだがAラインがかわいらしいトップスとプリーツスカート。普段着でもおかしくないデザインだし、似たような洋服をファストファッションのお店でも見たことがある。

が、しかし、間違いなく価格は予想の上をいっているだろう。

コーディネートを見せるために使われている大理石のテーブルには、膝掛けにもできるというショールも広げられている。見るからに柔らかそうな真っ白いショール。薄めだが絶対にあたたかい。

（アンゴラとかじゃないかな……そんなのお尻の下になんて敷けませんよ。もったいない）

心の中で物申し、鏡の前に立つ。スタッフの女性がてきぱきと脱ぐのを手伝ってくれる。着替えにサポートが付くなんて、気分はお嬢様だ。

百貨店側が用意したものを理紗が試着して、聡が気に入ればお買い上げ。そんなシステムらしい。

困ってしまうのは、試着してみて「あっ、これいいな」と理紗が思ったものは聡も気に入るようだし、「う～ん、ちょっとな」と思ったものは聡も却下をする。

聡は自分のセンスで選ぶと言っていたのに、心を読まれているかのように理紗の好みに合わせてくれているのがわかる。

（わたしのお婿さん、優しすぎない⁉）

ついつい大感動するあまり、「何着選ぶんですか！」のひとことを言いそびれてしまっていた。

——そうして、盛大に見送られてショップを出たときには、何着購入したのかわからなくなっていた……。

「あー、いい買い物した。届くのが楽しみだな。理紗のファッションショーも見られたし、最高」

百貨店内のお洒落なカフェで、聡は終始ご機嫌である。季節のアシェット・デセールを前に、ふたりはティーカップを口に運ぶ。

その仕草がとても優雅で、この人は生粋のセレブなんだなと思い知らされる気分だ。おまけに顔がいいとくれば完璧にもほどがある。

(わたしのお婿さん……、ムチャクチャかっこいいんですけど)

現金だが、疲れも癒える。

「それにしたって、買いすぎですよ。あんなに買うと思わなかった」

「でも、気に入ったものをプレゼントしたかったたし。理紗も同じものを気に入ってくれていたみたいだし」

「それは……はい」

同じものを気に入っていると理紗が気づいていたように、聡もわかっていたようだ。好みが同じというのは嬉しいし、気分もいい。

理紗へのプレゼントということで、今回の支出はすべて聡のお財布から出ている。毎月家計に入れる金額も決めているが、それらは食費や光熱費にあてられ、個人の買い物などはそれぞれ自由なのだ。

婿といえど大手ゼネコンの常務、婿入りしてもらった立場ではあれど一介のＯＬ、給与も貯金も雲泥《うんでい》の差がある。当然のように家計費の比率は聡が九割、理紗が一割という決まりができていた。

それでも最初はまったく出させてもらえない雰囲気だったものを、なんとか一割ねじこんだのだ。

ちなみにマンションは賃貸ではなかったので、家賃の支出はない。

ときにセレブっぽい行動で驚かせてくれる聡だが、日常生活は理紗に合わせてくれようとしているのを肌で感じる。

スーパーでの買い物も慣れたもので、かかる時間も短くなったしお買い得品を見つけてくるスキルも身についた。

伊藤家に行けば発泡酒を飲みながら勇と語らい、由季子が作った素朴な酒のつまみを褒める。実家との関係も良好で、一度断った二世帯住宅を再び考えようとしているほど。

あとは、イトウ建業の社員たち、主に現場作業員たちに快く受け入れてもらえたら、悩みの種もなくなるのに……。

「理紗」

呼びかけられてハッとする。少し考えこんでしまっていたようだ。目の前にアイスがのったスプーンが差し出されていた。

「これ、美味い。ちょっとラム酒風味」

食べてみろということなのだろう。理紗の皿にも同じものがあるが、手をつけていなかったので気にしたのかもしれない。

パクリと口に入れる。ひんやりとしたバニラの中に、ふわりと香るラム風味。

「美味しい」

「だろう」

「これは溶ける前に食べなくちゃ」

張りきってデセール用のカトラリーを手に取り、ミルフィーユにナイフを入れる。季節のフイユタージュ柿のミルフィーユ仕立て、とメニューにあったが、理紗が知っているミルフィーユではない。

三日月形のフイユタージュの上にラム風味のアイスやクレーム・ムスリーヌ、柿やバナナや洋梨など、季節の果物のソテーやキャラメリゼが盛られている。紅葉型のチュイールが雰囲気を出していて、皿にキャラメルソースで描かれた模様がデセールと一体になり芸術品を見ているかのよう。

崩すのがもったいないと思いつつ端を切って口に入れていく。ついでにチュイールをつまもとスイートポテトのような柔らかさと味が口腔に広がる。クッキーかと思っていたのでちょっと驚きだ。

「うわぁ、本当に美味しい。幸せ」

「俺も。理紗と一緒に食べているから幸せ」

顔を見合わせてクスリと笑い合う。フォークを持っている左手を聡に握られた。

「疲れたか？　ごめんな、調子にのって」

「いいえ、楽しかったですよ。あんなにいっぱいのお洋服を次から次へと着られる機会なんてないじゃないですか。それも素敵なお洋服ばかりだし。……まあ、確かにちょっと疲れましたけど」

「理紗はなにを着てもかわいらしくて、すごく幸せな気分だった。理紗のプレゼントを買いにいったのに、俺が楽しんでしまったな」

「じゃあ、お互い楽しかったから、いいじゃないですか」

握られた手に力がこもる。嬉しそうに微笑まれて、どこか無邪気な笑顔に胸がきゅんきゅんした。

（聡さんがお婿さんになってくれて、本当によかった）

何度でもそう感じずにはいられない、理紗なのである。

百貨店を出ると少し冷たい風が頬を撫でる。コートに包んだ身体をわずかに縮めると、聡に右手を取られシッカリと繋いだまま彼のコートのポケットに入れられた。

「あまり寒かったら、すぐ車に戻ろう」

にこりと微笑んで歩きだす。デセールの量が意外に多かったので、腹ごなしに少し散歩でもしようかとなったのである。

土曜日はやはり人出が多い。それでも比較的年齢層が高い人たちが集う街だからか、騒がしいとは感じなかった。

晩秋に入ったばかりの風が挨拶をするように吹き抜けていく。聡のポケットの中で握られた手があたたかくて、寒さをまったく感じさせない。愛しさが募って空いている腕で抱きつきたくなった。

「あっ」

ちょっとロマンチックな気分に浸っていると、小さな声をあげて聡が立ち止まる。必然的に理紗の足も止まった。

彼と同じ方向を見て同じように声が出そうになってしまった。目の前の商業ビルから圭介が出てきたのである。

　こちらがすぐに見つけたように、圭介もすぐにふたりに気づいたようだ。あからさまにいやそうな顔をし、背を向けようとする。が、その前に聡が声を発した。

「おにいさんっ、お買い物ですか？」

「おにいさんって言うな！」

　圭介がムキになって動きを止めてこちらを見る。聡が早足で近づいていくので、理紗も引っ張られつつ足が進んだ。

「なんだ、おまえらも買い物か」

「はい、デートです」

「なにがデートだ。夫婦のくせに」

「夫婦でもデートですよ。ふたりでいると幸せなので」

　にじみ出る聡の幸せオーラ。それが気に入らないのか圭介は唇を一文字に引き結ぶ。眉を寄せ、険悪を絵に描いたような顔で聡を見た。

「そんなこと言って、おまえ……理紗を泣かしてないだろうな」

「え？　新婚ですよ、なに言ってるんですか、毎日かわいく啼《な》いてくれています」

「その〝啼く〟じゃねーよっ、ムカつくなっ」

「やきもちですか？　理紗想いだなぁ、おにいさん」

「おにいさんって言うなっ」

なにを話しているのか一瞬だけ意味がわからなかったが、ハッと気づいて恥ずかしさが湧き上がってくる。

「なっ、なに、ヘンな話してるんですか、ふたりでっ」

照れ隠しのように片手で聡の腕をポカポカ叩くが、彼はアハハと爽やかに笑うばかりだ。

仲睦まじい様子がさらに気に入らなかったのかもしれない。圭介がチッと舌打ちをする。

こんなに仲よくやっている姿を見ても、圭介としては聡はまだ〝オレが認めた理紗の婿〟ではないのだろう。

寂しい気持ちになりつつ、圭介に話しかける。

「圭介、今日はお休みだったの？」

「現場はやってるけど、今日はオレがいなくてもいい作業なんで、休ませてもらった。最近休めない日が続いたから」

「そうなんだ。お休みがとれてよかったね」

イトウ建業は基本的に土日祝日が休みだが、現場の工期によっては休めないこともある。工期に振り回されるのは主に現場に出ている社員たちで、現場監督である圭介もそのひとりだ。

「もしかして、久しぶりの休みだからガンプラとか見にいってたんじゃないの？　この辺にマニアックなお店があるって聞いたよ」

ガンプラとは、放送が始まった数十年前から根強いファンがいるロボットアニメのプラモデルのことである。ガンプラいじりは圭介の趣味で、着色から改造までやってしまう、なかなか凝り性なのだ。

「そう、実は買い逃していたやつがあって……」

「久々のお休みなら、彼女さんも喜んでいるでしょう？　美味しいケーキのお店でもお教えしましょうか」

話にのりかけた圭介の動きが止まる。せっかくいい雰囲気に傾きかけたのに、おだやかな空気に亀裂が入る音が聞こえてきたような気がした。

聡は地雷を踏んでしまった。

久々の休みなのだから恋人と過ごすのだろう、という聡の思考は、微笑ましいほどに平和すぎる。

宮本圭介三十二歳、大学卒業から十年近くつきあった恋人にフラれたのは今年の初め。いまだに立ち直っていない男である。

良家の子女と言えるいい家庭のお嬢さんだったらしい。そんなお嬢さんを十年近く待たせる男が悪いと思う。

「あーもー、やっぱ、おまえ嫌いだっ」

爆発しかけたとき圭介のスマホの着信音が響いた。

「おう、オレだ。お疲れさん。どうだ、もう終わりそうか？」

すぐにふたりに背を向けて応答する。仕事の電話らしい。作業報告だろう。

「はあ？　マジで？　ちょっ、それはな……。わかった、オレが行くから、もう少し待機していてくれ。大丈夫だ、任せろ。駅に着いたらタクシーぶっ飛ばしていくから」

慌てた口調に胸騒ぎがする。

ポケットの中で聡がギュッと手を握る。顔を向けると、なにか言いたげに理紗を見てからチラリと圭介を見た。その意味を察し、理紗は通話を終えた圭介に声をかける。

「どうしたの？　仕事の電話？」

「今日メインになるはずだった作業のオペレーターが来なくて、おかしいと思ったら事故って病院にいるんだと」

「え？　じゃあ、今日の現場は？」

「オペレーターがいねえと話にならない。今日中に現場を上げる予定だったから、今からオレが行く。重機の免許持ってて、今日動けるのはオレだけだ」

「明日じゃ駄目なの？　工期って、その様子だと週明けくらいなんじゃない？」

「明日は現場の奴らを休ませてやりたい。それこそ、新婚の奴だっているんだ」

力強く口にする圭介は、責任感にあふれていてかっこいいと思う。頑張ってとエールを送ろうとすると、先に聡が口を開いた。

「現場はどこですか。俺が送ります。すぐそこに車を置いてあるので」

「はあ？　大きなお世話……」

「ってことはないでしょう。一刻も早く向かわなくてはならないはずだ。仕事なんだ、おかしな片意地は張らないでくれ」

ポケットの中で握られていた手が放される。その手で理紗の肩をポンっと叩いた。

「ここでおにいさんと待っていて。俺は車を取りにいって戻ってくる。そろって移動するよりそのほうが早い」

「は、はい」

「おい、待て、オレは乗せてってくれとは……」

圭介が文句を言いかけるが、そんなものは歯牙にもかけず来た道を戻っていく聡が、ひとり人波に紛れていく。

「あー、もぉおっ、なんなんだあいつっ。……いいや、今のうちに……」

苛立ち紛れに頭を掻く圭介は、そのまま逃げようとする。理紗は素早く彼のフライトジャケットの裾を強く摑んだ。

「駄目だからね。聡さんが来るまでここで待っていて」

「けど、あいつにゃ関係ないだろうっ」

「あるっ。聡さんは、わたしのお婿さんなの。会社のことを気にして、なにが悪いの」

聡を受け入れてもらえていないことを気にしていたせいか、知らず強い口調になってしまった。意表をつかれたのか圭介が黙り、理紗は言葉を続ける。

「聡さん、圭介の様子を見て、すごく気にしてくれたの。仕事でなにか大変なことがあったってすぐわかったし、力になれたらと思ってくれたんだと思う。でも、自分が聞けば圭介は答えないだろうから、わたしに〝聞いてくれ〟って目で頼んできたんだよ。圭介が言うように、関係ないと思っているなら『これから仕事ですか、大変ですね』で終わりじゃない。でも違うの。聡さんは、仕事に誠実で、人に優しくて……」

「わぁーった、わぁーったからっ」

このままでは理紗の言葉が止まらないと感じたのだろう。圭介は両手を身体の前で振って降参する。大きく息を吐き、困った顔で理紗を見た。

「……惚れてんだな、おまえ」

「自分でも困っちゃうくらいね……」

理紗の熱意が通じたのか、圭介は黙ってその場で聡を待ってくれた。

ほどなくして聡が車で戻ってくると、三人は問題の現場へ向かったのである。

――現場には三十分もかからずに到着した。

圭介も現場の作業員たちも到着までに一時間はかかるだろうと見ていたらしく、予想以上の早さに驚いていた。

そして、圭介の他に社長の娘である理紗と先日講演で賛否両論が湧き起こったマデノの常務がやってきたので、さらに驚いたのである。

小さなビルの解体現場。あとは残った廃材を運んで整地して終わりという、本当に最後の最後の作業だった。

来られなくなったオペレーターは油圧ショベルと整地のためのモーターグレーダーを扱う予定だった。ダンプトラックに乗る運搬担当と後片付けの作業員はそろっていたので、オペレーターが来られなければまったく仕事にならない。

「圭介さん、ユンボのほう、お願いします。俺は整地のほうを引き受けますので」

さらに、そのマデノの常務がスーツ姿でモーターグレーダーに乗りこんでしまい度肝を抜いた。

作業員だけじゃない。理紗も驚いた。

「な、なに言ってんだおまえ！　ふざけんな、遊びじゃねえんだぞ！　遊園地でカート乗るようなノリで言ってんじゃねえ！」

圭介は驚いた様子でフライトジャケットを脱ぎ捨てる。この季節にジャケットの下がTシャツ一枚なのはいかがなものか。

「てめえにゃわかんねえだろうが、重機は慎重に扱わなきゃ大怪我のもとなんだ！　面白そうだから乗ってみたいとか思ってんじゃねえぞ！」

口が悪い、しかし表情は必死で真剣で、少し青ざめているようにも見える。

圭介は聡を馬鹿にしているわけではない。理紗にはわかる。いや、その場にいた作業員、みんながわかっていただろう。

圭介は現場監督だ。現場の仕事を円滑に、そして安全に進めていく責任がある。作業現場における第一の目標は、怪我人を出さないこと、事故を起こさないこと。

素人に、たとえ小さなブルトーザーであろうと任せるわけにはいかないのだ。

「わかってます、圭介さん」

反して、聡は驚くほど落ち着いている。おにいさん、ではなく圭介さんと呼び、運転席に置いてあったヘルメットをかぶった。

「俺、免許は持っていますから。大丈夫です」

「……はぁ？」

「モーターグレーダーに必要な免許。大型特殊免許と車両系建設機械運転者の資格」

「なんで……そんなの持ってんだ」

それは理紗も聞きたい。建設現場で必要とされる資格ではあるが、ゼネコンの御曹司が持っているなんて予想外すぎる。

「なにも不思議なことはないですよ」

圭介が怒鳴った声よりも大きな音を立てて、モーターグレーダーのエンジンがかかる。聡はその音にも負けない声を響かせた。

「大学時代、友だちの親の建設会社でバイトしながらいろんな資格を取った。建築、解体、基礎工事、電気、土木、空調まで、だいたいの現場は経験済み。将来はマデノの重役になるって決められていたから、自由なうちに現場を見たくてなんでもやった」

そんな話、初めて聞いた。好き勝手できたとは言っていたが、これは自分の将来を見据えたすごい好き勝手ではないか。

「現場のしんどさ、危機管理の大切さはわかっているつもりだ。信じて任せてくれないか、圭介さん」

聡は真剣だ。圭介も驚いてはいるものの、眉を寄せ真剣な顔で聡を見上げている。

心配でふたりを交互に見ていると、圭介が小さく舌打ちをしたのでドキッとする。しかしその唇の端はニヤリと上がった。

「よし、みんな、作業進めるぞ！　ダンプ回せ！　整地と同時進行なら、あっという間に終わる！」

作業員からヘルメットを受け取り、かぶりながら背を向け急ぎ足で歩きだす。いったん止まって、右の拳を高く突き上げた。

「頼むぞ！　婿さん！」

「了解！」

よく響くふたつの声。理紗に向かって親指を立てた聡がモーターグレーダーを動かしはじめる。

作業員たちがそれぞれ持ち場に走り、ダンプのエンジン音が混じり、大きな油圧ショベルが動きだす。

活気づいた現場を前に、理紗は胸が熱くなった。

――頼むぞ！　婿さん！

圭介のその言葉が、聡を認めてくれたのだとわかる。

泣いてしまいそうなほど感動する。しかしここで泣くわけにもいかず、ドキドキしながら聡の作業ぶりを窺った。

（スーツ姿にヘルメット……なんかすごくかっこいい）

動画でも撮ってしまいたい気分だが、みんなが一生懸命働いているのにそれはいけない。

欲望をぐっと抑え、せめてもの思いで見守る。

現場で理紗にできることはない。せめて差し入れでもしたいところだが近隣に店らしきものが見当たらず、唯一目についた自動販売機で飲み物を買いこんだ。

作業はどんどん進み、圭介が言ったように早々に終わりが見えてくる。杭にロープを通して敷地を囲み、終了である。

「常務さん、お疲れさんっす！」

「お嬢さんが買ってきてくれたんですよ、コーヒーとコーラ、どっちがいいです？」

「グレーダー、上手いですね～。うちのオペレーターより腕がいいかも」

「お疲れ様です、助かりました！」

作業員たちが次々と聡に声をかけてくれる。談笑する姿を見て、また胸がジーンッとした。

「本当に助かった」

　圭介がコーラを手に取る。

「現場を知らないボンボンかと思ったら。とんでもない。印象変わったな。みんなもそうだろうな」

　聡のほうを見ながら、独り言のように呟くが、それは当然理紗には聞こえていた。いや、聞かせようとしていたのだろう。

　圭介は、「聞いてるか？」と言わんばかりに横目で理紗を見てニヤリと笑った。

「おまえの婿、やるな。顔もいいけど人間もできてる。これなら、一緒に働けそうだ」

　心の中の靄《もや》が、ぱあっと晴れた気分だ。聡はきっと、現場の社員たちにも受け入れてもらえる。そう思えた。

　圭介の言葉が嬉しくて嬉しくて抱きついてしまいたい。けれどここで抱きついたら聡が嫉妬するかもしれない。このいい雰囲気を壊してなるものか。

　結果、理紗はデレッと笑顔を作った。

「わたしのお婿さんだもん。当然だよ。もう、なにをやってもかっこいい」

「惚気《のろけ》かよっ！」

　言われてみれば惚気である。まさかそう返ってくるとは思わなかったのか、逆に圭介のほうが照れてしまったようだ。

照れた勢いで缶を勢いよく振り、プルタブを開ける。しかし圭介が取ったのはコーヒーではなく……。

「うぉわっ！　間違ったぁっ！」

盛大に噴き出した炭酸。それを見た作業員たちも噴き出し、無事作業が完了した現場は笑い声に包まれた。


「いやあ、すごい。本当にすごいよ、聡君っ」

勇はずっと「すごい」を連発している。褒めてもらえるのは嬉しいが、おそらくすでに酔っぱらっていると見られる。

現場で解散したあと、圭介が伊藤家に行くと言うのでふたりも報告がてら立ち寄った。聡が現場を手伝ってくれたことはすでに勇の耳に入っていたらしく、熱烈大歓迎を受けたのである。

一緒に夕食を食べ、その時点で今夜は泊まっていくことになってしまい、圭介も交じってお酒を飲みながら盛り上がり……。

日付が変わるころ、ふたりはやっと寝床についたのだ。

「実家の客間で寝るなんて、おかしな気分」

実家にいたころの自分の部屋とは違う天井。客室にしている和室に敷布団を二組並べられ、まさかそこに寝る日が来ようとは。

「俺は理紗が使っていた部屋でもよかったけどな」

「いろいろと置きっぱなしで、半分物置みたいになってますよ」

クスリと笑い、身体を横向きにして聡のほうを向く。照明の常夜灯だけが点いた薄暗い室内だが、この距離では彼の顔がはっきりと見える。

「聡さん、今日は、本当にありがとうございました。わたし、すごく嬉しかった」

理紗を見る聡の眼差しがとても優しい。彼も身体を横向きにして片肘をつくと、上掛けを腕で持ち上げて理紗を誘った。

「おいで」

その仕草がとても艶っぽくてドキッとする。いそいそと聡の布団に入り、胸の中にもぐりこんだ。

パジャマ代わりに、これもお客さん用の浴衣を借りている。いつもとは違う雰囲気が新鮮で、よけいにドキドキしてきた。

「なんかいいな、こういうの。新鮮」

聡も同じことを思っているらしい。理紗の背中をさまよった手がお尻を撫ではじめた。

「新鮮なのはわかりますけど、今夜は駄目ですよ」

「ゴムならあるけど」

「そういう意味じゃなくてっ」

（なんであるんですかっ）

口には出さず心の中で追及する。すぐに避妊具の話をしたということは、その気になりかけているのだろうか。

「ほら、実家だし、こ、声、出ちゃうし……」

「出ちゃうの？　そうか、理紗は我慢できないからな」

「う〜〜〜〜」

そんな残念そうな声を出されると困ってしまう。とはいえ、実家でコトに及ぶのは、やはりためらいがある。

「俺、今日頑張ったし。ご褒美ほしいなぁ」

「聡さん〜〜」

頑張ったご褒美、と言われると心が揺らぐ。本当に頑張ってくれたし、思いきったことをしてくれたおかげで悩みの種がなくなった。

婚家の会社のために一肌脱いでくれたのだ。こんなことでもなければ知ることのなかった意外な聡の姿が見られたし、今回のことで圭介の気持ちも変わったようで、晩酌をしているときにはとても砕けた様子で話していた。

なにより、聡のことを「あんた」ではなく「婿さん」とか「聡」とか呼んでくれていたのが嬉しい。ただ、最後のほうではいい加減酔っぱらって「サッシー」とか呼びはじめたので、ちょっと困った。……聡がいやがっていなかったのが救いだが。

（ご褒美か……）

ふと、真由子に「常務は絶対喜ぶよ」と勧められた行為を思いだした。

ちょっと、というよりかなり恥ずかしいが、本当に聡は喜んでくれそうだと思う。

「じゃあ、あの、ご褒美あげますから、ちょっと言うこと聞いてくださいね」

「なになに？　いい子で理紗の言うこと聞いていればいい？」

「はい、上手くできるかわかりませんけど……」

聡が喜んでくれるようにできるか、本当にわからない。だいいち、こんなことをするのは初めてだ。

『常務は絶対喜ぶよ、おっぱい星人だし。元気いっぱいすぎて破裂しちゃうよ』

真由子の言葉を思いだし、ええいままよ、と上掛け布団をめくり上げる。聡にあお向けになってもらい、脚のほうへ移動した。

「ちょっとごめんなさい」

パジャマ代わりの浴衣なので、すでに崩れて両脚が出ている。それをさらに広げて下半身をさらけ出した。

いまさらと言われそうだが、下着をつけていないせいでいきなり聡自身が目に入り戸惑ってしまった。入浴した際に、着ていたものは洗濯をさせてもらったのだ。

さすがに聡のスーツまでは洗濯機には入れられなかったが、下着やシャツを洗っておけば明日の着替えになる。

「え？　理紗？」

なにをするのかと心配になったのだろう。聡が起き上がりかけたのでキッと睨みつけた。

「動いちゃ駄目っ」

「……はい」

素直に枕に頭を戻す。それでも視線は理紗に向いていた。

「……こういうことするの、初めてなんで、……上手くできないかもですけど……。努力は認めてくださいね」

「もしかして……口で？」

「え？」

聡の予想を確認しないうちに、理紗は襟の合わせをぐっと大きく広げ浴衣の肩を落とす。手ですくって両方の乳房をボロンッと出した。

両脚のあいだに入り身をかがめて、胸の谷間を陰茎に押しつける。明らかに大きさを増してきたそれがピクッと動くのも構わず、両手で横から乳房を寄せて挟みこんだ。

正しいやりかたがあるのかどうかなんてわからない。ただ、刺激することで気持ちよくなるのは理解できるので、挟んだままゆっくりと上下に擦り上げてみた。

すると目に見えて質量が増してくるのがわかる。だんだんと硬く大きくなってきて、むくむくとふくらんだ切っ先が挟んだ胸の上から顔を出す。なんだかかわいく感じてしまって、ついチュッとキスをしてしまった。

「ちょっ！　理紗っ」

聡が慌てた声を出し、腰を震わせる。もしかしていやだったのかと心配になって彼を見ると、両手で顔を押さえて天を仰いでいた。

「これはマズい……死にそう」

「あ……死にそうなほどいやでした？」

「死にそうなほどいやでそんなに勃つか。……元気になりすぎて破裂しそうだ」

「破裂……」

わが友の予想は当たった。確かに胸で挟んだ肉棒は、弾けそうな勢いで熱り勃っている。

「口かと思ったら胸で、って……。マズいって、これはマズい。最高……」

困った声だが喜んでくれている。胸から外れてしまいそうなほど大きくなった屹立を見れば確信が持てる。

自分がしたことで、聡がこんなにも喜んで感じてくれている。それがとても嬉しい。理紗は喜びのままに胸で挟みこんだ男根を擦り上げていった。

「よかったぁ。ご褒美になりますか、これ」

「もっ、ぁ、最高のご褒美だ……ンッ、おも……理紗、マズい、本当にマズいっ、ハァ」

「もー、マズいばっかですね」

くすくす笑いつつ、擦り上げるのはやめない。彼がところどころで堪えきれずあえぎ声らしきものを漏らすのでよけいにゾクゾクする。

普段ベッドの中で聡が理紗に「もっとイイ声聞かせて」と言うのは、いじわるではなくこういう気分だからなのかもしれない。

今そのイイ声を出させているのは自分なんだと思うと、ちょっとした優越感が生まれる。

（聡さんはお婿さんなんだから、たまにはわたしが優位に立ったっていいよね）

いい気分で聡自身をもてあそんでいた理紗だったが、少し困ったこともわかってきた。こうして胸で挟んで聡自身に刺激を与えていると、胸のほうにも刺激があって気持ちよくなってくる。

脚のあいだが熱い。太腿を擦り合わせつつそれに堪えた。

「そろそろ、ぁっ、本当にマズいから……やめたほうがいい」

髪を撫でられ顔を上げると、片肘を立てて上半身を起こした聡が上気した顔で微笑んでいる。

「さいっこうに気持ちよくて、このままじゃデそう。理紗のかわいい胸、汚したくないから」

「汚くないですよ。デそうなら、出しちゃっても……」

男性は射精を我慢すると体に悪いというではないか。ここまで大きくしてしまった責任もあるし、胸で漏れたって拭けばいいだけの話だ。

「ほんっと理紗はかわいいことばかり言うな。でも、だーめっ」

両手で上腕を引っ張られ、手が胸から外れる。大きくはぐくんだ愛茎が離れてしまった。

「最高のご褒美もらったから、頑張ってくれた理紗に俺からご褒美」

今度は理紗があお向けに寝かされる。素早く立ち上がった聡が、ハンガーにかけてあるスーツの上着から避妊具を出して自分自身に施した。

「俺のをここまでにしたんだから、やってる理紗も感じてただろう?」

バレている。理紗が照れ笑いをすると、大きく脚を広げられ聡が身体を重ねた。

「……声、でちゃう」

「じゃあ、キスしていよう。終わるまで」

「朝までとか、駄目ですよ?」

「一回でやめる。残念だけど」

見つめ合って、唇を重ねる。すぐに大きな塊が隘路を埋め、我慢していた官能が一気に噴き出した。

声を吸い取るように激しく唇を貪り合い、同じくらい激しく結合部分をすりつける。

薄暗い部屋の中で懸命に物音を抑え、闇夜に黙々と繁殖活動をする野生の雄と雌のように欲情をぶつけ合った。

ふたりとも散々煽られたあとだったせいか達するのも早い。それでも、満足感はいつもと変わらなかった。

（わたしのお婿さん、最高）

乱れきった浴衣からはみ出した素肌を密着させ、ふたりはひとつの布団で眠りについたのだ。


翌朝は、早起きをした理紗がシーツや浴衣を洗った。

コトに及んでしまったせいで、とてもではないが洗濯を任せてはいけない状態だと判断したからである。

それに、自分でやれば布団をひとつしか使っていないこともバレずに済む。

「泊まらせてもらったし、これくらいはしていくよ」

とは言ったものの……。

信じてもらえたかは、謎である。

第四章　わたしの最高のお婿さん

翌週、聡は海外出張に発った。

週末には戻ってくる予定。惜しいのは帰国の前日が理紗の誕生日であることだが、プレゼントはビックリするくらいもらってしまったし、週末はお泊まりデートである。

楽しみでウキウキしているのは顔にも出るらしく、課のみんなから声をかけられる。

「にこにこして、どうしたの？　いいことあった？」

「わかった、デートだな。いいなぁ、おれもデートしたいな」

「彼女としなよ」

「仕事が忙しいってかまってもらえないんだ、おれっ」

課内は人間関係が良好なのでよけいに気分が上がる。つい、真由子に例の技が大成功だった旨を報告してしまったほどだ。

「だよね。おっぱい星人にはあれだと思ったんだ」

上々の結果に、彼女はご満悦の様子。

しかし、理紗のご機嫌ぶりを諌める者がいた。

「なんだい、理紗ちゃん、そんなににこにこして。駄目だろっ。はい、日替わりスペシャル」

市多である。

カウンターから身を乗り出し、片手を口元に当てて声を潜めた。

「常務が出張でいないのに、そんなににこにこしていたら、いないから喜んでるみたいに見られるよ。まだ、旦那元気で留守がいい、って関係でもないんだろ？」

どうやら周りからおかしな目で見られることを心配してくれているらしい。一度受け取ったトレイをカウンターに置き、理紗も顔を近づけて声を潜める。

「まだ公表していないし、大丈夫ですよ。課でも、なにかいいことがあって機嫌がいい、くらいにしか思われていませんから」

「それっ。あたしが聞きたいのはそれなんだよ。いつになったら公表するんだい？　あたしはも～、早く理紗ちゃんに大きな声で『万里小路夫人、おめでとう～』って言いながら日替わりスペシャルの大スペシャルを渡したいよ」

「もうちょっと先かな……」

これについては、笑うしかない。

いつものウンベラータの陰にあるテーブルにつき、肩を上下させて息を吐く。

市多は、理紗が聡に嫁入りしたと思っている。結婚したと言えば、そう考えられるのが普通なのだろう。

結婚して二週間ほど経ったころ、聡が噂を広めるための種まきをした。いずれも黙ってはいられない気質の人ばかり。市多に総務の合コン取締役に畑山である。

少しずつ、「もしかして」の噂が広まってくれる予定だったのだ。が、しかし……。

三人は口外しなかった。それどころか聡と理紗を見守る側になってしまったのだ。

『おふたりには、ご迷惑をおかけして本当に申し訳ないと思っております。つきましては、なにかおかしな噂が立ちそうになったら、全身全霊でそれを止めてみせますので』

畑山はすっかり恐縮し、その誓いは中世の騎士にでも守られている気分にさせられた。

『こんなすごいこと、こそこそと噂になんかできないよ。パァっと公表したらさ、フラワーシャワー振りまきながらお祝いしたいもん』

総務女子が力説し……。

『社食の有志でケーキ作るよ。ふたりの似顔絵入りケーキ。社食をあげてパーティーだね！』

市多が張りきり……。

誰も噂にはしてくれなかったのである……。

（自然に自然に周知される作戦、ちょっと失敗だったなぁ）

ハアッと溜め息をついて箸を取る。ふと、この席から見やすいテーブルに秘書課の課長を見つけた。

向こうも気づいたのかにこっとして軽く手を上げてくるので、理紗も笑顔で会釈をする。

以前からときどき昼食の時間が同じになることはあったが、最近はよく見かける。

（副社長の仕事の都合かな）

ボスのスケジュール次第で昼食の時間が決まるのは珍しくない。

とにかく、自然に周知してもらう計画は、もう一度聡と練り直したほうがいい。

だが……。

（公表しちゃっても……いいような気もする）

最初のころは、会社の常務、それも万里小路一族の御曹司を婿にもらったなんて、そんなことが世間に知られたら大騒ぎになると考え、その重圧が怖かった。

けれど今は、かえって堂々としていられるような気がしている。なにを言われたって「聡さんが好きだから結婚したんだ」と返せそう。

そんな自信を持てるようになったのは、聡のおかげだ。

聡が出張に行って二日目、火曜日の夕方。理紗は、万里小路会長に彼の秘書を通じて呼び出しを受けた。

相談したいことがあるから、仕事が終わったら食事でもしようという。

まさかの人物からの呼び出し。それも秘書は時間と場所を事務的に伝えてくるだけで、行ける行けないの都合は聞いてくれない。

つまりは断る選択肢がないということ。万里小路家最高権力者の誘いを断る者がいることなど想定されていないのだ。

断りたいわけではなく、聡がいないのに呼び出しがきたというのがわからない。それも相談事があるという。それならよけいに聡がいるときのほうがいいのではないのだろうか。

(聡さんが出張なのを知らないとか……)

そんなわけもないだろう。つまり会長は理紗に相談があるということになるが、会長に相談されそうなことなんて皆目見当がつかないのだ。

うっすらとかかる靄のように、いやな予感が胸をかすめるのはきっと気のせいではない。

このことを聡に伝えておきたくても、時差の都合で電話もできない。なんの相談なのか。とりあえず話だけでも聞いてこよう。理紗は腹をくくるしかなかった。

いきなり大きな存在の人に呼び出されたから深読みしてしまっているが、そんな難しい話ではない可能性だってある。

特に会長とは顔を突き合わせてじっくり話をしたことがない。孫が婿に行った先の女性と話をしておきたいと思っただけかもしれない。

ポジティブに考え、気持ちを落ち着かせる。

会長との対面に意欲を燃やした理紗だったが、どうやら会長のほうは理紗が逃げるのではと疑ったようだ。

終業時間直前、ビルの前に迎えの車を用意されてしまった。

それも、会長専用、運転手付きの高級車だ。秘書が車のドアの前で待ち構えている。

ビルを出る社員は、人待ちをする高級車を見ては通りすぎていく。会長の専用車だと知らない者は、どこかの重役が来ていると思うだろう。

人がいなくなったら素早く乗りこもう。……というのは、甘い考えである。だいたい、この帰宅時間帯に人が途切れるはずもない。

自動ドアの前で立ち止まり、外の車を見ながらどうしたものかと迷っていたら、理紗を見つけた秘書に頭を下げられてしまった。

会長の秘書はマデノの秘書課に属さない専属の個人秘書なので、理紗がただの一社員であることなど関係ない。

彼にとって、理紗は会長の孫と結婚した女性。たとえ婿入りした先の人間であろうと、万里小路家と繋がっている、丁重に扱うべき人間なのだ。

こんな高級車、それも会長専用の車、乗りこむ姿を知り合いに見られたくはないが、もたもたしているわけにもいかない。理紗は思いきって外に出ると秘書の前に立ち一礼をする。すぐにドアを開けてくれた。

走りだす車を目で追っている数人の社員の中には見知った顔もいて、気まずさが胸に満ちる。

結婚を公にしていないことはまったく考慮されていない。以前、会長が突然秘書課に現れたときと同じ空気を感じた。

「すみません、どこへ行くんですか?」

時間は教えられたが場所を聞いていない。理紗が尋ねると、助手席に座る秘書が軽く振り向いて教えてくれた。

「万里小路家へまいります。会長はすでにお待ちです」

「万里小路家……」

どういうことだろう。食事をしながらというから、どこかレストランにでも行くのかと思っていた。

秘書に聞いてみようかとも思ったが答えてもらえる気がしない。夫の実家に行くと言われて「いやだ」と言うわけにもいかない。

不快な胸騒ぎがしようと、車に乗ってしまったからには連れていかれるしかない。理紗は覚悟を決めて到着を待った。

――万里小路家は、高台の高級住宅街、広大な敷地に建つ西洋建築のお屋敷である。

聡と結婚してから一度だけ来たことがあった。夏季休暇の際、〝お盆の里帰り〟はしたほうがいいと勧めると、「じゃあ理紗も一緒に行こう」ということになったのだ。

しかし家族は夏のバカンスで留守。屋敷の中を案内してもらい、住みこみの使用人とシェフに夕食を振る舞ってもらってそのまま帰ってきた。

家族と会ってはいないが、一応〝里帰り〟ということにしておく。これで、婿を実家に行かせてあげないひどい妻、とは言われないだろう。

到着すると、応接間に通された。そこで待っていたのは会長と万里小路家長男で聡の兄である副社長だ。

「ごきげんよう、理紗さん。お仕事お疲れ様でした」

応接セットの肘掛椅子から、副社長がにこやかに立ち上がる。ひときわ立派な肘掛椅子に座る会長は、座ったまま理紗を見ていた。

ふたりともスーツ姿だが、仕事は終えてプライベートな時間なのではないのだろうか。それとも理紗と会うのも仕事のようなものなのか。

副社長がソファの席を勧めてくれる。ちょうど会長と向かい合う位置だ。ソファの前で理紗は会長に頭を下げた。

「お声をかけていただいて光栄です。聡さんが出張に出ているさなかですので、相談事と言われましてもわたしでお役に立てるかどうか……」

「そんなにかしこまらなくてもいい。まあ、座りなさい」

会長はご機嫌である。ハハハと笑って理紗に着席を勧めた。

会釈をして腰を下ろす。すぐに目の前にコーヒーが置かれ、いつの間にいたのか、涼しい顔をした使用人はすぐに退室した。

「もうすぐ食事の用意も整うはずだ。コーヒーでも飲んで待っていなさい。万里小路家のバリスタが淹れるコーヒーはひと味違う」

「はい、いただきます」

家に専属のバリスタがいる世界。すごいが、コーヒーを淹れていないときはなにをしているのだろう。

「チェーン店の、名ばかりのコーヒーしか飲んだことはないだろう。本物を味わえるいい機会だ」

「そうですね……」

返事はするものの、なんだか憐《あわ》れまれているようで、飲む気が失せてくる。反して会長はコーヒーカップを手に取り、その香りを楽しんでから口をつけ、しんみりと言葉を出した。

「聡は万里小路のしきたりと教えの中で育った。比較的自由にはさせていたが、まさかそれ以外のものと関わろうとするとは」

さらに飲む気が失せる。これは、万里小路家から出たことを嘆いているのだ。

聡は、期待されていないから好き勝手できた、と言っていたが、好き勝手はともかく、やはり期待されていなかったわけではないのではないか。

「おじい様、それでは聡の行動を否定することになります。聡には聡の考えがある」

ここで副社長の擁護が入る。この最高権力者に意見できる存在がいたのかと驚くが、副社長は大いに期待をされて育ったと聞いた。期待に応えてきたぶん、会長に意見を聞いてもらう資格も持っているのだろう。

会長も「うむ、そうだな」と返事をしている。

この場に会長に意見ができる人物がいるのは助かる。もしや副社長は、聡がいないからと気遣って同席をしてくれているのかもしれない。

「食事の前に話を終わらせてしまいたい。相談というのはほかでもない。君たちの結婚についてなのだが」

（そらきた）

理紗だけを呼び出したのだから、絶対に婿入りの話をされる気はしていた。恨み言を聞かされるのなら黙って聞こう。あんなに素敵な婿をもらったと思えば、我慢もできる。

覚悟を決めた理紗ではあったが、会長の話の内容はそんな決心をも吹き飛ばす。

「そろそろ、離婚の時期だろうと思っている。今日君を呼んだのは、それを相談したいからだ」

「は？」

思いっきり不審げな声が出てしまった。内容が予想の斜め上をいきすぎている。

「三ヶ月も好きにさせたのだから、もういいだろう。まったく、聡は幼いころから好奇心旺盛で困ったものだ」

ハハハと笑っているが、笑える話ではない。どう言葉を返したものかわからず、動悸《どうき》が激しくなる。

（離婚しろって言われている？　どうして、そんなこと言われなくちゃならないの）

わけのわからない状態だが黙っているわけにもいかない。動揺が声に出ないよう、理紗は意識をしてゆっくりと言葉を出した。

「なにをおっしゃられているのか、いまひとつわかりません。離婚って……そんな、別れなさいと言われて『はいわかりました』と即答できるものではないと……」

「私が、そろそろいいだろうと判断をした。なにか問題があるかね？」

スッと、血の気が引いた。会長の口調は牽制しようとしているのではなく、普通に当然のことを言っているという雰囲気だ。

会話をしているはずなのに嚙み合っていない。こちらの気持ちはまったく考慮されていない。

「聡は昔から好奇心で動く男だった。学生時代も選ばれた学友より一般の子どもたちとばかり遊び歩いて、唯一身分が釣り合う友人の両親が営む会社でアルバイトばかりしていた。身分をかくし、様々な現場に出て、まるで本職の建設作業員のように資格をいくつも取っていた」

聡が将来を見据えて現場を学んでいた時期のことだ。マデノの一員になってしまえばできないから、自由がきく学生のうちに自分の目で現場を見て自分の肌でそれを感じたかったと言っていた。

大手ゼネコンの重役になることが決まっているからこそ、現場の空気を知っておきたかったのだろう。多様な現場があり、進めかたや問題点もそれぞれだ。

学生時代のそんな好き勝手を、きっと会長も評価しているだろう。末端の立場を理解しているからこそ、会社でも聡はみんなから好かれる。どんな小さな問題点でも、その現場の立場になって考えられるからだ。

「まったく、くだらないことをしたものだ」

聞き間違いかと思った。

会長は、忌々しげに言い捨てたのだ。

「作業員に交じって現場に出て、なんの役にも立たない力仕事をして。使わない者にとっては無駄でしかない資格を取って。好奇心で動いたにしても無駄だらけだ。自分に縁のない現場仕事などに興味を持つくらいなら、留学でもさせておけばよかった」

信じられなかった。

これが、大手ゼネコン一族の最高権力者の言葉だろうか。

聡がやってきたことを、なにも理解していない。

「あなたの境遇は、ひどく聡の興味を引いたようだね」

過去の後悔から現在の後悔へ。その矛先《ほこさき》は理紗に向けられる。

「傾きかけている中堅建設会社のお嬢さん。それも一人娘で婿をとる立場。それを聡に話したのか、それとも聡が察したのか。なんにしろ〝婿になる〟という好奇心を止められなかったのだろう。婿になって万里小路家から出ると言われたときは、また悪い癖が出たと思った」

「冗談で……結婚はしません」

好奇心で結婚を決めたと言わんばかりだ。怖々とささやかに反抗を試みる理紗を、会長は鼻で嗤《わら》う。

「すまない、また無駄なものに興味を持ったなと感じた。まあ、経験させておいてもいいかと思い許可をした。ひとまず好きにしなさい、と」

臓腑《ぞうふ》が冷える。冷凍庫に足を突っこんだ気分になった。

今になって、やっとわかったのだ。あの言葉の意味が。

——ひとまず好きにしなさい。

それは結婚前、聡の婿入り宣言が社長室で行われたとき、リモート参加だった会長が口にした言葉だ。

その言葉の意味を深く考えてはいなかった。好きにしなさいとは、勝手にしなさいという意味だろうと思った。

あのころは聡が三男であるがゆえに期待されていなかったという話を、素直に信じていたので、アッサリ受け入れられたことを深読みすることはなかったのだ。

けれど、今なら、会長の言葉にこめられた真の意味が理解できる。

――――ひとまず好きにしなさい。

好奇心旺盛な孫の我が儘を、ひとまず聞いてあげよう。だが、いつまでも好きにはさせない――――。

これには、会長が「終わり」と言ったら終わらせなくちゃならない約束が暗にこめられていた……。

「三ヶ月も好きにさせたんだ。もういいだろう。あまり長いと、聡から万里小路の風格が薄れてしまいそうだ。こういうことは早いほうが、あなたにもダメージは少ないだろう」

「ダメージ、ですか?」

「一度籍を入れてしまっているからね。離婚歴がついてしまう。男の離婚歴はそれほどダメージでもないが女性は違うだろう。幸い会社では公表されていないようだ。早めになかったことにすれば誰にも知られないまま終われる」

「……公表していないって、ご存じだったんですね」

「もちろん。公にならないように、一族の者が聡に関する手続きを一手に引き受けることになっていた」

そんな細かいことまで指示していたのだ。結婚して二週間ほど経ったころ「つつがなく過ごしていますか」などと聞いてきたが、聞くまでもなく問題がないことは承知のうえだったのだろう。

「会社で、わたしに声をかけてくださいましたよね。今日も秘書の方が会長専用の車でお迎えにきてくださいました。いずれも他の社員が不思議に思いかねない行動です。なので、結婚を公表していないことはご存じないのかと思っていました」

遠回しの皮肉が口をついて出る。もしかしたら、バレて慌てればいいと思われていたのではないかとネガティブな思考にとらわれた。

そんな考えを持ってしまうなんて性格が悪いと自分を咎めるものの、会長がおかしそうに鼻で嗤ったのを見て全身の血液が逆流した。

「ご相談されるまでもないことです。離婚なんていたしません」

ソファから立ち上がる。真っ直ぐに視線を向ける理紗を、会長も直視していた。

「結婚生活は上手くいっています。離婚する理由なんてこれっぽっちもない。ましてや、誰かに指示をされるいわれはありません。聡さんは、わたしのお婿さんです。彼は、伊藤聡です」

勢いで言葉を出してしまった。しかしこれは理紗の本音だ。

日に日に愛しさが募っていくほど上手くいっている結婚生活なのに。なぜ当事者ではない人間の考えで潰されなくてはならないのか。

自分がすべてを決めると信じている万里小路会長。この考えかたにはついていけないし、従う気もない。

勤めている会社の会長だ。もしも報復など受けたら会社を辞めなくてはならなくなるかもしれない。そんな不安はもちろんある。しかし、だからといって最高権力者にへつらって自分の生きかたを変えるなんて、おかしすぎる。

この人は、自分の孫なのに聡のことをちゃんとわかっていない。聡の気持ちをわかろうともしない人間の言うことなど、聞けない。

「せっかくお食事にお誘いいただきましたが、帰らせていただきます。このご相談は、なかったことに……」

そのとき、会長が声をあげて笑いだした。虚をつかれて言葉を止めてしまった理紗に代わって、楽しげに話しだす。

「まあそう意地を張るんじゃない。君だって、離婚したほうが自由になる。そのほうが楽しいだろう。まだ若いのだから」

「楽しい……？」

「所属部署ではなかなかの人気者だそうじゃないか。元気がなければ体調が悪いのかと優しく声をかけてくれる男の同僚がいて、にこにこしていれば男の先輩にデートしたいと誘われるそうだね。ああ、なんでも君はかなりのイベント好きで、他の部署でも君に目をかけている男性社員は多いらしい。社員食堂に通っているようだが、陰になる人目につかない席で男性社員と揉めていたとか。『あの夜は悪かった』とは、どういう意味だろう」

確かに身に覚えがあることばかりだ。

条件次第で婿候補になりえた同僚に、体調が悪いのかと声をかけられた。機嫌がいいとき、先輩がデートしたいと言っていた。イベント好きというのは、合コンのことを言っているのだろう。社員食堂で揉めたことがあるのは畑山だけ。

しかしそんなこまごましたことを、なぜ会長が知っているのか。部署で話しかけられたことなんて課内の人物でさえよほど注意して見ていないと気づかない。

（注意して……）

思考が一瞬止まった。動きだして最初によぎった考えが、理紗の呼吸を重くする。

まさか。

会長は秘書課と直接繋がっていない。繋がっているのは――。

ゆっくりと顔が動き、視線が副社長をとらえる。

聡をもう少し大人っぽく、落ち着きのある雰囲気にした美男子。結婚報告では終始にこにことし、披露宴パーティーでは勇に話しかける気遣いを見せてくれた。

悪い印象などない人だ。今日だって、聡の代わりに見守るがごとく同席をして、会長にサラリと意見までしてくれた。

しかしこれは、確かめないわけにはいかない。

「……課長」

理紗が副社長を見たままぽつりと呟く。その意味を察したのだろう。にこりと微笑んだ。

「彼には苦労をかけてしまいました。オフィスにいるときも気が抜けなかったでしょう。あなたの行動を報告しなくてはならなかったので」

――疑いが確定した。

理紗を見張っていたのは、課長だ。

課長なら、オフィスでの理紗の様子がわかる。

様子を報告するように、副社長に指示をしたのは会長だろう。副社長が自分の秘書の課長にその役目を負わせた。ここのところ課長と遅い時間帯なのによく社員食堂で会うことが多かったのは、副社長の指示だったのかもしれない。

優しく見えていた副社長の微笑が、急に狡猾《こうかつ》なものに感じてくる。

聡に似た気遣いができる人だと思っていたのに。

なぜ考えられなかったのだろう。彼は、この最高権力者に期待され、それに応えた、お気に入りだ。

「聡が出張から戻ったら、離婚の手続きを進める」

会長が当然のことのように口にする。離婚なんてしないと言ったのに、本当に人の話を聞かない人だ。

「聡には次の妻は私が決めると伝えてある。私が選んだお嬢さんに今回の出張に同行してもらった。これについては、聡も了解済みだ」

「同行……？」

「それほど仕事が詰まった出張ではない。ふたりでゆっくり過ごす時間は十分にある。君が次に聡に会うのは、離婚の話をする場かもしれないな。安心しなさい。聡の我が儘で結婚したんだ、そのぶんは慰謝料に上のせしよう。ただ拒むのであれば私にも考えがある」

このやり場のない気持ちをどうしたらいいだろう。もうなにを信じたらいいものか。

理紗は両手を強く握りしめる。いきなり突きつけられた離婚の相談。というよりはすでに決定事項のように扱われている。

出張には会長が選んだ妻候補が同行している。聡も了解しているというのは、どうとらえればいいんだろう。彼の考えもわからない。

頭がぐちゃぐちゃだ。それでも、理紗には言わなくてはいけないことがある。

声を振り絞ってでも、自分の考えしか認めない会長と優しいふりが上手いお気に入りに言っておかなくては。

「聡さんは……わたしの大切なお婿さんです……！」

頭を深く下げ、理紗は応接室を飛び出して万里小路家をあとにした。

マンションに帰っても落ち着かなかった。

会長が言うには、聡の出張には会長が選んだ妻候補が同行しているという。

余裕を持ったスケジュールにしてあり、交流を深めることも可能だ。会長はそれを狙っているのだろう。

「交流ってなによ……なにを交流するの……」

ぶつぶつ言いながらリビングの中を歩き回る。落ち着いて座っていられないのだ。

「ったく、なんなの？　全人類我に従えみたいな態度。黙ってればかっこいいおじいちゃんに見えるのに、とんだ自己中ジジイじゃないの。副社長も副社長よ。人の気持ちに寄り添ってくれる優しい人だと思ってたのにっ。とんだタヌキだっ」

ひとしきり文句を言いソファに腰を落とす。大きく息を吐いて……膝を抱え、泣きそうになるのを堪えた。

ひとりで悪態をつく自分が、すごく大人げなく感じる。こんなに腹立たしくてイラついているのに、きっと会長は涼しい顔でいる。理紗の反抗など重要視していない。

それがなんだか、悔しい。

帰ってきて、着替えて、苛立ちのあまり食欲も湧かず部屋を歩き回り、座ってはまたウロウロし……。そんなことを繰り返している。

「聡さん……」

本当に会長が言ったとおりなのか彼に確かめたい。そんなはずはないと、もちろん信じている。けれど聡はやけに婿の立場を楽しんでいたし、そういう好奇心で動く性格だと言われれば納得してしまう部分はある。

悩んでいるより電話をすればとも思うが、アメリカとは約半日以上の時差がある。仕事中か夜中かと考えれば気軽に電話などできない。

帰ってくるのを、おとなしく待つしかないのだ。いや、本当はほんのちょっとだけ怖いのかもしれない。

――君が次に聡に会うのは、離婚の話をする場かもしれないな。

「ええい！　うるさいっ！」

思いだして苛立つ気持ちを払うよう、理紗は頭を左右に振りながら勢いよく立ち上がる。帰ってきてからずっとこの繰り返しだ。このままでは朝まで同じことをやってしまう。

「しっかりしろ、わたしっ」

両手で頬をパンパンと叩き、フンっと意気ごむ。

「そうだ、お風呂入ろう、お風呂。明日も仕事なんだからね」

自分に言い聞かせるべく声に出し、勇ましい足取りでバスルームへ向かった。

不安だからこそ、今は聡を信じるしかない。聡は絶対、笑顔で理紗のところへ帰ってくるはずだ。次に会うときは離婚の話をするなんて、とんでもない。

嬉しそうに笑顔をほころばせて、「ただいま、理紗」と言いながら胸の谷間に顔をうずめてくるに違いない。聡はそういう男だ。こればかりは会長だって知らない一面だろう。

「そうっ、聡さんはね、わたしのおっぱいが大好きなんだからっ。ジジイが選んだ妻候補が聡さん好みのおっぱいじゃないかもしれないしっ」

自分の志気を奮い立たせるには、あまり褒められる内容ではないかもしれない。けれど今は、少しでも自分に優位なことだけを考えていたかった。

「聡さんは……わたしの大事な、……お婿さんなんだから……」

ドレッシングルームに入ったところで、泣きそうになっている自分に気づく。——ここで泣いたら負けだ。

理紗は服を着たままバスルームに飛びこみ、シャワーのコックを最大にひねる。降り注ぐお湯で、涙と不安を流そうとした。


少々寝不足ではあるし、例の話を引きずってはいる。だが、会社ではいつもどおりに仕事をしなくては。

何度目かの深呼吸をし、肺を撫でる低温の空気で気持ちを切り替える。自社ビルの前庭を歩きながら、理紗は〝いつもどおり〟を自分に強く言い聞かせた。

明後日になれば聡が戻ってくる。そうしたらすぐに相談をしよう。それまでは、いつもどおりを心がけなくては。

そこまで気を張ってしまうのは、見張られていると知ったからだ。

落ちこんでいて「どうしたの」とか声をかけられたり、にこにこしていて「ご機嫌だね」などと声をかけられたり、どちらにしてもおかしな意味にとられるなら、いっそ誰にも声をかけられないほうがいい。

(誰にも構われたくない。……でも……まったく構われないのは寂しいから、真由子には構われたい)

そのためには、なにがあっても普通にしていなくては。

(普通普通、いつもどおりいつもどおり、わたしは落ちこんでもいないし会長その他に苛立ってもいませんよ～)

心の中で唱えながら自動ドアからエントランスへ入る。そのとたん、大きな足音が走り寄ってきた。

「いとうさんっ！」

「わぁぁ、びっくりしたぁっ！」

本気で驚いて後退してしまった。――駆けつけてきたのは、畑山だ。

「ななな、なんですかっ、なんか文句でもあるんですか。今のわたしに因縁なんかつけたら殴り飛ばしますからねっ」

「伊藤さんに因縁なんかつけられるわけがないじゃないですか！　バックについている人が恐ろしいっ」

聡のことだろうが、誤解を受けそうな言いかたはやめてほしい。

「それより昨日、残業していて気になるニュースが入ってきたんですけど」

「残業？　お疲れ様です」

「あ、どうも」

残業と聞いて素でねぎらいの声をかけると、畑山は姿勢を正して頭を下げる。数ヶ月前、理紗に邪な想いを抱いて接してきた男とは思えない礼儀正しさだ。

しかし、そんな場合ではないらしい。ハッと顔を上げ、場所を移しましょうと言わんばかりに壁側を示す。出入り口付近で立ち止まって話しこんでは迷惑になる。同意して壁側へ移動した。

「それが、常務が結婚するって話が入ってきて……」

早々に畑山が声を潜めて話しはじめる。眉尻を下げた困り顔。立ち話をしていても目立つ場所ではないが、内容が内容だ。

「重役とか、社内にいる万里小路一族あたりから流れてきたらしいんですよ。だから、とうとう結婚発表なのかなとか思ったんですけど、よく聞けば常務の出張に同行しているご令嬢が相手だとかで……。一緒に残業してたやつらはそれを聞いて盛り上がってたんですけど、僕は、ほら、あれだって知ってるじゃないですか。だから、そんなわけないって……。い……いとうさんっ、怒らないでください……」

聞いているうちに激しく眉間にシワが寄っていく。理紗が怒っていると感じたのだろう。畑山が一歩後退して両手のひらを胸の前で立てた。

「そんな顔されたら、もうひとつが言いにくいです」

「まだあるの？」

気分が悪いせいで棘のある声になったかもしれない。畑山が困っている。理紗は両手で頬を軽く叩き、指で唇の端を上げて無理やり笑顔を作った。

「教えてください。ぜひっ」

ぜひに力をこめる。気を取り直した畑山は再び声を潜めた。

「イトウ建業って、伊藤さんのご実家、ですよね？」

「そうですよ？　よくご存じで」

「それも重役づてで入ってきたんですよ。イトウ建業のご息女、伊藤理沙さんが就業している縁もあってイトウ建業をマデノが買収することになった、って」

「は？」

かなり険悪で盛大な「は？」だった。畑山がサササッと三歩ほど後退する。

「買収……？」

そんな話、聡からも勇からも聞いてはいない。だいたい、上向きではないけれど、買収してもらうほどイトウ建業は困窮していない。

「……やられた」

胸のもやもやが焦りに変わっていく。なぜこんな噂が広まっているのか、考えなくても見当はつく。

同行した令嬢との結婚話。おまけにイトウ建業の買収。いかにも理紗を追い詰めんばかりの内容ばかりだ。こんなことをするのは……。

「おや、朝から微笑ましい光景だね」

その声に、一瞬にして理紗の神経が張り詰めた。顔を向けると秘書を従えた会長がこちらに歩いてくる。

「これは会長。おはようございます！」

なにも知らない畑山は気取った声で挨拶をし、頭を下げる。理紗も「おはようございます」と平静を装って頭を下げた。

「若い社員が仲よさそうにしているのを見ると気分がいいね。君たちは特別仲がいいのかな」

「いいえ、とんでもありません。決してそのようなことはっ」

畑山は必死に否定をする。そうしながらも、不思議そうに理紗を見た。

言いたいことはわかる。聡と結婚していることを知っているはずの会長が、孫の妻と話をしている男に向かって「特別仲がいいのか」と聞くのはおかしい。

話していたのが畑山でよかった。これがもし聡とのことを知らない同期などだったら、会長の手前、仲のいい同期ですとアピールしたことだろう。

聡以外の男に色目を使っている、とでもこじつけられるところだった……。

「しかし、彼女とは仲よくしていたほうが今後のためになる。なんといってもイトウ建業のお嬢さんだ」

会長はわざわざ理紗が自分から言ったこともない実家の情報を口にした。

理紗のフルネームを出して買収の噂を流している。どこまで知れ渡っているかはわからないが、副社長の犬の課長がいることからきっと秘書課には知られているのではないか。

「伊藤さん」

会長は紳士的な声で呼びかける。理紗も真面目で人当たりのいい女子社員の顔を向けた。

「マデノと君のご実家について、広まるにはまだ早い噂が流れている。もしかして、もう耳には入ったかな？」

「先ほど聞きました」

「そうか。しかしまだ決定したわけではない。少々邪魔なある問題が上手く片付けば、君が案ずるようなことにもならないし、噂も消えるだろう」

「……恐れ入ります」

そんな噂を流した張本人を前に、理紗は表面上冷静に受け流す。なにも言い返せないのは悔しいが、出勤ラッシュのエントランスに会長がいるというだけで社員たちの注目を集めているのに、反論などしたら騒ぎになってしまう。

気分がよさそうな会長は、畑山に「頑張りたまえ」と声をかけてエントランスへ戻っていく。ところどころで社員たちから挨拶を受け、にこやかに返していた。

「伊藤さん、よかったですね。買収の話は決定じゃないみたいじゃないですか」

話の裏にこめられた真の意味をわかっていない畑山は気遣ってくれたのだろう。どこか雰囲気がおかしいのは察しただろうが、深くは聞いてこなかった。

「それにしても会長、シャキッとしてかっこいいですよね。年齢を感じさせないっていうか。常務もあんな感じになるのかな」

「絶対にならないっ」

力強く断言してエレベーターホールへと歩いていく。なにかまずいことを言ったと察した畑山の戸惑う様子が伝わってきた。

唇を引き結び、奥歯を噛みしめる。悔しい。腹立たしい。こうして無理やり唇を閉じていなければ「ふざけるな」と大きな声で怒鳴ってしまいそうだ。

やられた。

理紗は、実家を盾に取られたのだ。

昨夜理紗を呼びつけて離婚の話を持ちかける前から、会長は次の手としてこのカードを用意していたのだろう。

マデノのような大きな会社に買収などされて、イトウ建業がそのまま存続できるはずなどない。完全吸収だ。会社などなくなってしまう。

これでは乗っ取りではないか。

離婚に応じなければ、実家に手を出される。脅しではなく、あの会長ならやるだろう。

（冗談じゃない……）

時差がどうのと言っている場合ではない。さすがにこれは、早く聡に相談したほうがよさそうだ。

そんな思いから、――今日ばかりは、正午きっちりにお昼休みに入った。

この時間なら聡は就寝前だろう。疲れて早めに休んでいる可能性もあるが、起きていれば話ができる。

同行している令嬢も気になる。そのことも聞きたい。

「あっ、伊藤さん、お昼？　今日は早いんだね」

オフィスを出ようとすると、外出から帰ってきた男性社員に声をかけられた。例の、条件次第で婿候補になりえた同僚である。

「はい。今日は急ぎの用事があって」

「そうか、たまには時間どおりのお昼もいいよね。いつも遅いから、お腹すかないのかなって心配になるよ。あっ、急いでるのに引き留めてごめん。いってらっしゃい」

「ありがとうございます。いってきます」

本当に心遣いが優しい人だ。ご両親と二世帯住宅で上手くやれる、いいお嫁さんにめぐり会えることを祈らずにはいられない。

オフィスを出ると廊下にいた課長と目が合った。課長も外出から戻ったところなのだろう。

「お疲れ様です、課長」

「ただいま。伊藤さんはこれからお昼かい?」

「はい、用事があって」

「もしかして、誰かと待ち合わせかな?」

話しかたが実に爽やかなので、からかわれたような内容でも嫌な気分にならない。得な人柄だ。そのおかげで部下にも親しまれているというのに……。

「わたしがお昼に出たら、誰と会うか見張って、副社長に報告するんですか?」

「報告?」

課長の表情がなくなる。

「わたし、課長は部下思いの上司だと思っていました。上に命令されたら仕方がないですよね。でも……人を陥れるための見張り役なんて、かっこ悪いです。娘さんの写真を見ながらデレデレしてる子煩悩《こぼんのう》で優しい課長とそんな人が同じだなんて思いたくない。……パパかっこ悪い」

最後のセリフを課長の娘になった気分で言い放ち、理紗は速足でその場を離れる。

課内にまだ例の噂は広がっていなかったが、戻ってきたころには噂でもちきりかもしれない。「伊藤さんって、社長令嬢だったんだ?」課員は驚きと興味を入り混じらせて、物珍しげに話しかけてくるだろう。

そして、常務が結婚するという話が、さも決定事項のように口にされているに違いない。出張に同行している令嬢が相手ということで、「婚前旅行だな」と下世話な声も聞こえてきそうだ。

聡に電話をするのはいいが、どこで話そうか。大きな声で話せることではないし、周囲に人がいたら困る。

ビルを出て前庭を歩きながら、今かけてもいいのではと思いたつ。歩きながら話している人の言葉なんて聞こえていても通り過ぎると忘れていて、あまり気にしていない。

スマホを片手に一度立ち止まり、国番号を入れて聡の番号を表示させる。聡が出てくれるのを願いながらコール音を数えた。

なかなか応答がない。もう寝てしまったのだろうか。諦めかけたとき応答した気配がして、思わず両手でスマホを持った。

「ごめんなさい、寝てましたか？　わたし……」

『ちょっと待っていてくださいね』

言い終わらないうちに聞こえてきた声に、言葉が止まる。同時に足も止まった。

今のは女性の声だった。物静かな優しげな声。まるで母親が子どもの同級生に「待っててね」と言うときのようなにこやかさ。

心臓が大きく脈打つ。なぜ聡にかけた電話に女性が応答するのだろう。日本語は流暢《りゅうちょう》な発音だった。現地のスタッフだろうか、それとも……。

(同行してるっていう……)

いやな予感で胸がいっぱいになる。喉の奥が気持ち悪くて吐き気がした。

『聡さん、ほら、お電話ですよ。起きてください、聡さんったら』

咎める口調だが優しい声。スマホを持ったままなのか、布がすれるような音が聞こえてくる。そこに『うーん……』と寝ぼけたうめき声が交じった。

『聡さんっ』

『……ん？　なに？』

笑いを堪え、楽しげな女性の様子が伝わってくる。寝ぼけた聡の声は、こんなに色っぽかっただろうか。

聡が寝ていたのならホテルにいるのだろうし、もちろん自分の部屋だろう。そこになぜ、女性がいるのか。

――同行した、妻候補の令嬢。

全身を絞めつけたのは〝恐怖〟だった。認めたくない事実を、認めなくてはならない瞬間に襲ってくる恐怖。

認めれば大切なものを失う。絶対に認めたくないのに、その現実を自分で確かめてしまった。まるで逃げるように、理紗は一方的に通話を終了させスマホの電源を落とす。

「……本当に……一緒にいるんだ」

名前を呼ぶ口調はとても自然だった。正味三日くらいしか経ってはいないのに、ずいぶんと親密な様子ではないか。聡が眠る部屋にいるくらいだ、それだけ気が合ったということなのだろう。

握りしめたスマホをバッグに入れる。このまま持っていたら、道路に叩きつけてしまいそうなくらい動揺している自分がいる。

正午過ぎのオフィス街は、仕事で歩いている人の他にお昼休みの人もいる。そのぶんとてもにぎやかで、……さわがしい。

そのせいだろうか。頭痛がして気分が悪い。やはりこんな時間に出てこないで、いつもの時間に、社食のおかあさんとおしゃべりをしながらメニューを決めて、ウンベラータの陰にかくれてスマホでゲームをしながら食べていればよかった。

食欲なんか出ない。出るのは後悔と、涙だけだ……。

——ただ外を歩き回ってオフィスに戻り、午後の仕事に入った。

意外だったのは、理紗が戻ってもふたつの噂は課内に広まっていなかったことだ。課長は廊下で話したあとすぐ昼休みに入ったらしく、理紗が午後の仕事を始めてから間もなくして戻ってきた。

「理紗、ちょっと」

ミーティングルームでグループミーティングの準備をしていると、真由子が近寄ってきて声を潜めた。

「うちの彼氏に聞いたんだけど……、どうなってるの、上手くいってるんでしょう?」

どうやら彼氏のほうは噂を知っているようだ。真由子はランチをしながら話を聞いたのだろう。

秘書課内で広まる気配がなくたって、他部署から話は入ってくる。広まるのは時間の問題だ。

「上手くいってる……はずなんだけどなぁ」

「どうしてあんな噂が立つの?　よりによって出張中なのに」

「ん～、簡単に言うと、義実家がお婿さんを返してほしがってる、ってことかな」

ひとことで表せば本当にそんな話だ。義実家とのトラブル、というより、婿を返したくない妻と孫を返してもらいたい義祖父のトラブルというべきか。

返してほしいから、こんな噂を大々的に流して理紗を追い詰めている。聡は令嬢と結婚する、離婚を拒むなら実家を吸収する。

真由子が両手でガシッと理紗の肩を掴む。

「がんばれっ、りさっ。あたしは応援するからねっ」

「う、うん」

すごい真剣な顔で言われてしまった。真由子には他人事に思えなかったのかもしれない。聡のことがあって、まるで全人類に裏切られたかのような気持ちになっていた。そのせいか真由子の存在がとてもありがたく、恐怖でいっぱいだった心が少し軽くなる。

「頑張るよ。なんか、馬鹿にされているみたいで悔しいし」

「悔しさに屈しちゃ駄目だよ。勝手に流された話なんでしょう？　本人に聞いたわけじゃないんだから、信じちゃ駄目」

聡本人には聞いていない。ただ、女性が聡と寝室にいる事実を知っただけだ。

同行している女性だって、妻候補なのは確かなのか、会長の言うがまま結婚する気があるのか、本当のところはわからない。すべては聡本人に聞かなければハッキリとしないことばかり。

「明後日には帰ってくるし。そうしたら本人に聞くから」

笑顔で言うと真由子も笑顔で親指を立てる。心強い味方の存在が嬉しすぎて、思わず抱きついてしまった。


翌日、やはり噂は課内にも少し広まっているようだった。

ただ、大々的に広まってはいない。数人の課員が様子を窺うように理紗を見ていく。実家が買収の危機に瀕《ひん》している社長令嬢を憐んでいるというところだろうか。

（社長令嬢、なんて呼ばれるレベルでもないんだけどね……）

そんなことを思いながら、仕事をこなす。なんとかあと一日、平常心を保とうと必死だ。

真由子には本人に確認しないうちは信じないと意思表示をしたが、気になるものはやはり気になる。

昨日一方的に電話をかけて一方的に切ってしまったので、聡が折り返し電話をかけてくるのではないかと気になり、スマホの電源は落としたままになっていた。

知りたくない事実を電話越しに突きつけられるのは怖い。せめて顔を見て直接のほうがいい。……いや、直接も本当はいやだ。

なんとか一日乗りきり、終業時間となる。帰り支度をしてオフィスを出ると、廊下の向こうから畑山が走ってくるのが見えた。

「いとうさーん！」

なんだか必死だ。焦っている様子でもあるし、なにかあったのだろうか。しかし廊下にいる社員やその声を聞いた課員が「どうした？」と不思議そうに見てくるので、ちょっと恥ずかしい。

「どうしたんですか畑山さん、そんなに慌てて」

理紗は笑顔を引き攣らせながら聞くが、目の前で立ち止まった畑山は、息を切らせてどうにも落ち着かない。

「い、今、今、常務……が……」

息も絶え絶えだ。いったいどれだけ急いでここまで来たのだろう。

「常務が、ビルの前で車を降りて……、でも、あの、お、女の人と、一緒で……」

そこまで聞いて、なにが言いたいのかがわかった。

聡が帰ってきたのだ。——同行した、女性と一緒に。

戻ってくるのは明日の予定だった。まさか、一日早く帰ってきて、女性とのことを会長に報告し今後のことを相談する時間をとった、ということなのでは……。

悪いほうへ流れていく思考を振り払うよう、理紗は大きく頭を左右に振る。勢いよく歩きだした。

「ありがとう、見てくる」

「僕も行きますっ」

「よし、ついといで」

「はいっ！」

畑山を従えてエレベーターに乗りこみエントランスへ出る。

エントランスは仕事を終えた社員たちが行きかっている。いつもより立ち止まっている者が多いため少々混雑している。

その原因は、出張から戻った常務がエントランスで副社長と立ち話をしているからだ。

副社長のかたわらには秘書課の課長がいる。そして、聡のかたわらには彼の秘書……ではなく、見たことのない女性が立っていた。

流れるようなストレートのロングヘア。艶があってトリートメントのコマーシャルを思い浮かべずにはいられない。背も高く、コートを腕にかけ、ツインニットにワイドパンツスタイル。

スラリとした優しそうな美人だ。……張り合うつもりはないが、ついつい胸に視線が移り……。

（……けっこう……大きい）

不覚にも負けた気分になる。

長身でスタイルがよくて美人。胸も大きめ。優しそう。この女性が本当に同行した令嬢なら、知っている限り声は優しかった。

「あれが噂の？」

「絶対そうでしょ。だって、美男美女じゃん」

噂を知っているらしい社員から、そんな声が聞こえてくる。立ち止まって興味深そうに見ている彼らは、常務が結婚相手を連れてきたと思っているのだろう。

「伊藤さん……これは……」

聡のほうを見ては理紗の顔を見て、畑山がオロオロしている。理紗はだんだん苛立ってきた。

一日早い帰国。人が多い終業時間のエントランスに女性連れで現れ、仲よく笑い合う姿を見せつける。

これは、決定なのだろうか。

会長が言ったとおりになってしまうのだろうか。

「あら？　あなた、理紗さん？」

こちらに目を向けた女性が、なぜか理紗に声をかけてきた。――この声だ。間違いない、電話の女性だ。

続いて聡や副社長、課長も理紗に気づく。そればかりか、呼びかけられたことで一斉に周囲の視線を集めてしまった。

腹をくくろう。

これは、逃げられない。

理紗は表情を固め、聡に近づいていく。対峙して頭を下げた。

「常務、出張お疲れ様です。……一日、早かったようですね」

「それほど詰まった仕事でもなくてね。早々に片づけて戻ったんだ。今帰りかい？」

「……はい」

理紗もそうだが、聡の態度も仕事用だ。結婚は公表してないので当然だが、こんなときばかりはもどかしい。「どうなってるの！」と詰め寄って聞きたいのに。

「よかった。君に話があってね」

膝が震えだしそうになる。話。なんの話だ。見当はつく、会長が言っていたではないか。

――君が次に聡に会うのは、離婚の話をする場かもしれないな。

離婚を切り出されてしまうのだろうか。

たったの三ヶ月で。そんな簡単に、結婚生活を終わらせると言われてしまうのか。

なんのための結婚だった。

ずっと探していた念願のお婿さんとめぐり会ったから結婚したのだ。

理紗は真剣だった。合コンマニアだなんて不名誉な中傷も受けたが、家業のイトウ建業を継いで、しっかりと盛り上げていけるお婿さんを探すべく。

高嶺の花で理想だった聡がお婿さんになってくれた。戸惑いつつも、どんなに嬉しかったか。

聡だって、万里小路の名前がいやだから……などと言って婿に入ったが、とても理紗に優しくしてくれて尽くしてくれて、「俺は婿だからな」と伊藤家に寄り添い、イトウ建業の力になってくれていたのに。

「わたしも……常務に聞きたいことがあります……」

両手を握りしめ、聡を見る。視界に入ってくる令嬢がキョトンとした顔をしているのが妙に腹立たしい。

「マデノが、わたしの実家を買収するという噂が立っています。ご存じですか……」

聡は会長が理紗を追い詰めるために策を講じたことまでは知らないだろう。ここで「そんなのはデマだろう」と笑い飛ばしてくれたら、買収の噂は消えるに違いない。

「知っている。ちょっと違うが、俺がそういった計画を立てているのは確かだ」

――血の気が、一気に引いた。

「責任を持って俺が進める。その件で、君に話を……」

「ふざけないでよ！」

考える前に言葉が飛び出した。一瞬冷たくなった身体は、聡のひとことで逆上する。

「そんなことしたら、うちの会社がなくなっちゃう……！　そんなこと、わからないわけじゃないでしょう！」

エントランス内がざわめきだした。女子社員が常務に喰ってかかっているのだ。誰もが驚き、慌てた畑山が止めに入ろうとする。

「さわるな！」

気が立っているせいで、もうどうにでもなれという気分だった。畑山を怒鳴りつけ、キッと聡を睨《ね》めつける。

「なんのためにお婿さんを探していたと思ってるの！　実家を守るためだった！　それがなに？　買収？　新しい結婚相手が決まったら、婿になった家のことなんてどうでもいいの!?　ああそうか、苗字を変えて、婿を体験したかっただけなんだもんね！　もういいよ！　離婚する、離婚してあげる！　あんたなんか、いやがらせジジイがあてがったA5

等級の高級品と仲よくしてればいい！　わたしも、実家に帰らせてもらいますから‼」

気がつけば途中から泣いていた。涙がボロボロ流れてきて、止まらないうえに言葉も止まらない。

こんな悪態をついて、おまけに離婚してあげるなんて言ったら「結婚していました」と言っているようなものなのに。自然に周知されたいなんて贅沢な望みも一気になくなる。おまけに「いやがらせジジイ」だなんて、誰のことか気づく人はいるだろうか。副社長は気づくかもしれない。

もう会社に来られない。――そんな気持ちが大きくなるのに、言葉は止まらなかった。言いたいことを言って、気持ちよかったのだ。

涙で聡の顔がよく見えない。呆れた顔をしているだろうか、それとも機嫌が悪い顔をしているだろうか。

どちらにしろ、理紗に愛想をつかしたに違いない。理紗は顔をそらし、その場から逃げ出す。なにが起こっているのか理解しきれない社員たちが道をあけてくれたので、すんなりと外へ飛び出すことができた。

飛び出す直前、「理紗！」と叫ぶ聡の声が聞こえた。社員が見ているのに、呼び捨てにしたら都合が悪いのではないか。もう、いまさらか。

聡に続いて「理紗さん！」と叫ぶ声も聞こえた。令嬢の声だった。彼女が理紗の名前を知っているということは聡が教えたということだ。おまけに顔まで知っていた。

ふたりで仲よく婿入り先の話でもしたのだろうか。一人娘が婿を探していたから結婚してみたと笑って話したのだろうか。

会長は聡を返せば買収の話が進むことはないというようなことを言っていたが、聡はやる気だ。それも、計画したのも進めていくのも彼だという。

どういうことだろう。いったいいつからそんなことになっていたのだろう。

「わたしのお婿さん……最低……」

呟いて、止まらない涙がよけいに止まらなくなった……。


理紗が泣きながら帰ったのは、マンションではなく伊藤家だった。

本当に「実家に帰らせてもらいます」を実行したのである。

家には両親の他、圭介もいた。例によって勇と現場報告会議……という名の晩酌をしていたのだ。

そこに乱入したのが理紗である。

「飲むぞ！　つきあって！」

途中で大量買いした焼き鳥チェーン店の鳥串、コンビニで「大丈夫ですか？　重いですよ」と心配されながら買いこんだアルコール各種を両手に、現場報告会議は離婚決定現場報告会議に変わったのである。

議題は、聡は会長が決めた令嬢と結婚するから、離婚が決まりそう。そして、エントランスで見せた理紗の武勇伝……ということにしておこう。

「でもなぁ、聡君がそんないい加減な気持ちで婿になってくれたとは思えないんだよな」

ホタテの耳の燻製《くんせい》を口の端に挟みながら勇が腕組みをすれば、理紗はチューハイの缶をダンッと大きな音をさせて座卓に置く。

「なによぉっ、長年育てたかわいいかわいい娘と、好奇心で婿になった男、どっちを信用するのっ」

「婿」

「あーあーあーあーあ！　もういい、家出してやるー、グレてやるぅ」

酔っていると自分でわかっている。さして強くもないくせに、もう何本チューハイやカクテルの缶を空けたのだろう。

「グレろグレろ。理紗は真面目すぎてつまらねぇ」

「ひどっ！　めっちゃ、ひどっ！　ちょっと、圭介、なんか言ってよぉ」

「んー？　オレも理紗は真面目すぎると思うぞ」

鶏肉を串から外しながら〝第二のお父さん〟も勇に同意する。

味方がいない。

理紗は自棄になって座卓の上に散らばったおつまみの中から鳥串を手に取り、そのまま食いついた。

「わかったよ、男は男の味方なんだね。なにさ、圭介なんて、串からチマチマお肉外してさ！　男ならガブっといきなさいよ！」

「うっせっ。これが正式な食べかただ。おまえこそ外して食え」

「ふーんだっ。どうせアレでしょう？　別れたお嬢様元カノが外して食べてた、とか、そういうのでしょ」

「なんか文句あっか。あいつはお育ちがいいから、よく怒られたんだよ」

当たってしまった。

圭介に元カノの話題は地雷だ。わかっているのに口から出てしまった。酔っていてもそのくらいは配慮したいのに、なんていやな奴なんだろう。自分を卑下し、理紗は座卓に顔を伏せる。

「ここにも味方がいない……。本当にグレてやる……」

この歳でグレてもな……。心の中で呟いて自分に呆れる。そんな理紗の頭を、武骨な大きな手が撫でた。勇だと、すぐにわかる。

「理紗は真面目だぞ。恨み言ひとつなく、家のために婿探しをしてくれた。本当なら、お嫁さんに行く、って立場になりたかっただろうに。――本当に、ありがとな」

これは、ちょっとした反則だ。

――こんなこと言われたら、グレられない……。

「おまえが一生懸命婿探しをするから、オレだってシッカリ見極めるんだって、ずっと思ってた。……あいつは、合格だと思ってたんだ」

重ねて圭介の口調は優しい。父親と第二のお父さん、ダブル攻撃だ。涙がにじんで顔が上げられなくなる。

「わたしだって……最高のお婿さんだと思ってたんだよ……。でもさ……本人の口からうちの会社の買収の話とか聞かされたら……」

「買収？」

勇が怪訝《けげん》な声を出す。この件に関してはきっとまだ知らないのだ。知ればショックを受けるだろう。

けれど黙ってはいられない。こちらとしても早めになんらかの手を打たなくては。理紗は手の甲で涙をぬぐい、顔を上げる。

「マデノが、うちを買収するって話を、聡さんが……」

「提携の話は出てるけど、買収とは違うんじゃないか？」

「え？」

今度は理紗が怪訝な声を出してしまった。そのときテーブルの端に中身が詰まったエコバッグが置かれる。

「そういう話を婿抜きでしないでください。お義父さん、スーパーのお刺身半額になっていましたよ。買いこんできました。閉店前は値引き率がすごくて楽しいですね」

――聡である。

彼はエコバッグから半額シールが貼られた刺身のパックを次々に取り出し、ひとつ手に持ったまま目を輝かせて理紗を見た。

「見てくれ理紗、この中トロ、ふたパックまとめられているうえにひとつぶんの値段から半額になっているから、実質七五パーセントオフだ。すごくお得だと思わないか」

「そ……そうで、すね……」

反応に困る。閉店前のスーパーが楽しいのは理紗も知っているが、聡は初めてだろう。

まさか、こんなにも楽しそうにするとは。

由季子が醬油やワサビ、刺身用の小皿を運んでくる。半端なおつまみを寄せてスペースをあけた座卓でパックを開けながら、聡は圭介に声をかけた。

「おにいさんはなにが好きですか？　あっ、サーモンでしたっけ？　一番好きなんですよね、確か」

「よく知ってるな。理紗に聞いたのか」

理紗は横でフルフルと首を左右に振る。圭介の好みなど話した覚えはない。

「おにいさんの元カノに聞きました」

サラリと出された言葉に圭介が飲みかけていた発泡酒を噴き出す。驚いたのは理紗も同じだ。小皿に醬油を注ごうとして、鯛《たい》のお刺身に直接かけてしまった。

そんな動揺するふたりを歯牙にもかけず、聡は普通にしゃべり続ける。

「今回の出張に同行したのが彼女でした。会社同士のつきあいで取引先なんかのご子息ご令嬢が入社してくるのも珍しくない。今回は老舗《しにせ》企業のご令嬢が同行するということで、初めはいつもの『勉強させてやってくれ』の類だと思っていたんですけど、祖父はよからぬことを考えていたらしい。彼女のほうは、仕事を勉強するために同行させてもらったと思っていたらしくて。実に真面目な女性でしたよ。ところが向こうに行ってから祖父からの電話で彼女を同行させた目的を知らされまして。理紗ごめん、祖父が申し訳ないことをした。とにかく彼女に、その気はないこと、愛している妻がいることなどを話していたら、その流れで、彼女が今年の初めにガンプラ好きの恋人と別れたという話を聞きまして、……ん？　と思って突き詰めてみたら……」

圭介の前にサーモンのお刺身のパックを三つほど並べ、聡は自分のスマホを取り出す。

「おにいさんの元カノでした。彼女、今でもおにいさんが忘れられなくて、別れてから両手両足の指では足りないくらい見合いをさせられたけれど、すべて断ったそうです。――今、家の外にいますよ」

相手が応答したスマホを圭介に差し出す。それを受け取り耳に当てた圭介が、泣きそうになりながらとても嬉しそうに笑った。

圭介がスマホを放り、聡がキャッチする。立ち上がって猛ダッシュで部屋から出ていくと、すぐに玄関のドアが開閉する音が響いた。

「戻ってこないかもしれないな。お刺身、脂がのってすっごく美味そうなんだけど。理紗、みんなで食べよう」

開けたパックのふたを重ねて片づけながら、聡は由季子にも座って食べるよう勧めた。

そんな聡を由季子が褒める。

「聡さん、手際がいいのね～。後片づけも完璧」

「理紗の婿教育のおかげです」

張りきって親指を立てる。それは自慢になるのだろうか……。

「いいお婿さんでよかったわねぇ、お父さん」

「まったくだ」

勇と由紀子は婿を肴《さかな》にほくほくする。ふたりで仲よく晩酌を始めてしまった。

「別れた理由を聞いて、もうそんなこと気にしなくていいから圭介さんに会いにいきましょうって言ったら、彼女泣いて喜んでいた。理紗にも会わせたかったから、終業時間に間に合うように帰ってきたんだ。一緒に伊藤家に来ようと思って」

聡が理紗の隣に腰を下ろす。

「それと、理紗が電話をかけてきたとき、俺、レセプション疲れで打ち合わせをしていた秘書の部屋で眠ってしまったんだ。理紗から電話だってわかって彼女が気をきかせて出てくれたみたいなんだけど、切れてたから、……なんか誤解しただろう？」

小皿に醤油を注ぎ、理紗の皿にも注いでくれた。自分の早とちりがはっきりとわかって「ごめんなさい」としか言いようがない。

「わたし……、圭介の彼女さんには会ったことがないのに、どうしてわたしのこと知ってたんだろう。やっぱり、聡さんが写真を見せたんですか？」

話の流れから、聡の話を聞くべきなのだと悟ったので落ち着いて話をしようとするが、あれだけ悪態をついてしまったあとだ。どうも気まずい。

「圭介さんがよく話していたらしい。写真も見せられていたから理紗がすぐにわかったんだろう。圭介さん、『オレの娘みたいなもんだ』って自慢していて……『理紗が婿を見つけてオレが認めるまで見守るって決めてるんだ』って、いつも言っていたらしい。理紗のことが片づいてちゃんと幸せになったのを見届けるまで……自分の結婚は考えないって」

理紗は目を見開いて聡を見る。

「……じゃぁ……圭介がいつまでも結婚しなかったのは……」

自分のことを第二の父親と豪語するほどにかわいがってきた理紗が、幸せになるのを見届けるため……。仕事が忙しすぎたりガンプラマニアだったり、それが原因でフラれたのではない。おそらく、いつまでも結婚に踏みきってくれる様子がないから……。

「じゃあわたし、圭介の彼女さんに嫌われてるんじゃ……」

「いや、それはない。彼女は三人姉妹でね。誰かが婿をとらなくちゃならない立場らしい。妹さんがその役目を担ってくれそうな流れになってきてるらしいけど、一人娘ゆえにひとりでそのプレッシャーを背負って頑張っている理紗を、すごいって褒めていた」

「そんな……」

「理紗はすごいよ。家のために一生懸命頑張っていただろう？　理紗が婿探しをしてるってもっと早くに知ったなら、俺はすぐにでも婿にしてもらったのにって、何度思ったか」

聡が理紗の頭を撫でる。勇とは違う大きな手。それでも、愛情がいっぱい詰まっているのが伝わってくる。

「苗字、変えたかったから？」

「それ、まだ本気にしてる？　そんなものどうでもいいんだ。俺は、初めて理紗を見たときから気になって気になって仕方がなくて、緊張しながら社食で声をかけて、仲よくなりたくてやったこともない乙女ゲームを必死にやって、警戒されたくなくて、安全な男です、って顔をして近づいた。ずっと狙ってたって言っただろ？　本気にしてなかった？」

「え……？　ええっ？」

初めて聞く話に戸惑う。

「俺も立場を考えて距離を保った。でも本当は、理紗が完璧に俺の好みだったんだ。小さくて小柄なのにスタイルがよくて、なんてったって胸が大きい。純朴でかわいい。理想を夢に見すぎて、とうとう幻が現れたのかと思った」

「ええええ……ええっ」

初めて聞く聡の理想の女性像に、さらに驚く。

「社食で会うたびに個人的に誘いたくてたまらなかったけど、警戒されたくないし、なんなら合コンに交ぜてもらってお持ち帰りしようかとまで考えたし。もう、こじらせすぎてここ一年は理紗のことを考えないと勃たないし……」

「そ、そこまで言わなくていいですっ」

初めて聞く聡の秘めた下心に、驚くより焦りが先に出る。

「だから、婿を探してるって聞いたとき、俺以外にない、って張りきったんだ。でも、あのころの理紗は俺のことを常務、万里小路の三男としか見てくれていなかったから、婿にしようなんて思わなかっただろ？　だから『苗字を変えたい』とか『期待されてないから大丈夫』と言うしかなかった」

「やっぱり、期待されてないっていうのは、嘘ですよね？」

「兄さんたちほどではなかった、っていうのは間違いない。だから学生時代は好き勝手なことができたし。婿になるって話をしたときも、婿をやってみたいから言っている、くらいにしか思われてなかったな。あっ、祖父にだけはね。父さんと兄さんたちは、俺がやるときはなんでも真剣だって知っているから、本気だってわかってくれていた」

「そうなんですか……？」

会長が聡の決心をお遊び程度にしか思っていなかったのは聞いた。母親は義娘ができることを喜んでくれていたので本音だとしても、父親と兄たちはどうだろう。

特に長男である副社長は、会長と結託していたのだから信用できない。

「なにか疑問？」

直接お醤油がかかってしまった鯛を口に運び、聡が首をかしげる。もうひと切れ箸でつまれたものが理紗の口元にやってきた。

「……副社長は、会長と仲がいいみたいだから……」

言葉に迷い、ひとまず差し出された鯛を口に入れる。お醤油がかかりすぎているせいか、ご飯が欲しくなる。

「仲がいい？　ああ、上の兄さん、外面《そとづら》が恐ろしくいいからね。兄弟で飲んでるときは『あのジジイさっさと追い出して父さんを会長にのし上げたら、私たち兄弟でマデノを変えていくぞ』って、すっごい野心家だよ。マフィアのボスみたいな顔して言うから」

思いだしているらしく、聡は楽しげに声をあげて笑う。逆に理紗は口を半開きにして呆気にとられた。

「祖父は自分に逆らう者はこの世にいないと思っているような人だからね。玉座でふんぞり返っているうちは、誰かが見張っていなくちゃならないし、押さえつけすぎてもいけないから、ある程度要求を呑みつつコントロールしなきゃならない。一番意見を聞いてもらえて一番のお気に入りにされている上の兄さんが、一番の適役なんだ」

「会長に離婚しなさいって言われたとき、副社長が課長を使ってわたしの様子を会長に伝えていたってわかって、そんないやらしい裏工作をする人なんだって……。優しい人だと思ってたのにって、ショックだったんです」

「その話聞いたよ。兄さんの秘書から」

「課長ですか?」

お醤油がかかりすぎた鯛を食べてしまうと、聡は中トロを理紗の前に持ってくる。一枚取って、また口元に差し出した。

嬉しそうににこにこしながらやっている。その様子がかわいくて胸がきゅんきゅんするあまり、ジッと顔を見ながら食べてしまう。

「電話をくれたんだよ。同行した令嬢が妻候補だとか、買収のこととか、祖父が万里小路一族の社員を使って噂を流しているから気をつけてくださいって」

話に驚き、咀嚼をして急いで言葉を出そうとするが、聡はすぐさま中トロを差し出す。にっこり微笑まれ……口に入れた。

「彼は兄さんの秘書だ。真に従うべきは自分のボスであり、会長ではない」

ごくりと飲みこみ、言葉が出ない。

理紗の様子を見てから、聡は次のひと切れを口元に持ってくる。

「確かに理紗の様子を客観的に伝えたらしい。兄としては、祖父の要求に従っていると思わせておかないと面倒だからね。祖父は、自分が優位に立てるように話を作る人だ。そしてそれしか認めない。理紗の様子を報告されても、なにかやましいことをしていると決めてかかって考えるから、どうしてもおかしな話になる。例えば、元気がなくて同僚に励まされていたと報告を受ければ、気がある男の同僚が優しくしていた、と考える」

中トロのお刺身が口腔でほどけていくのと一緒に、苛立ちの元になっていたものがスッと溶けていくような気がした。

まるで不貞を働いているかのようないやな言いかたをされた。しかしあれらは課長が伝えたことそのままではないのだ。

「自分の考えしか認めないなんてやりかたで……。よく会長なんて務まってますね……」

ぽつりと毒を吐く。勇が聡にビールを勧めていて「車なので」と断っている。「泊まっていっていいぞ」の言葉に「明日も仕事なので」と返していた。

今の毒は、聞こえなかったかもしれない……。

サーモンを食べてから、聡はクスクス笑った。

「そうそう、だから、その尻拭いは全部父さんにいくんだ。でも大丈夫、近々祖父は引退する予定だから。いよいよ父と俺たち兄弟の時代になる。苦労人だけど、頑張ってるよ。うちの父さん、婿養子だから」

「えっ！」

衝撃の真実。

「母さんが万里小路家の一人娘で、父さんは婿養子。父さんは旧財閥系の大企業の四男で、婿に入るってことが恥でもなんでもないって知っている人だから、俺のときも反対はされなかった」

驚く理紗の頭をポンポンっと叩く。

「むしろ、娘ができたって喜んでる。祖父の手前、なかなか浮かれられないけど。今度祖父抜きで会ったときは『お義父さん』って呼んであげてくれるか？　震えて喜ぶと思う」

理紗は大きく首を縦に振る。「お義父さん」でも「パパ」でも、なんとでも呼べそうだ。

「……よかった……。なんか……いろいろよかった……」

力が抜ける。胸の中のもやもやが、ほとんど吹き飛んでいった気がする。ひとまず、明日は出社したら課長に謝ろう。

少し不安ではあったが、わずかに残っているもやもやの原因を聞くことにした。

「噂にあった買収って……どういうことですか？　お父さんは、そんな話は聞いてないって」

「買収ではないよ。業務提携という前提の子会社化だ。いろいろ考えたんだけど、それが一番イトウにとっていいのかなって思えた」

「子会社？　イトウを？」

「完全子会社化ではないから、社名も会社も社員も上層部もすべて変わらない。ただ、仕事や経営においてマデノの影響力が入っていく」

聡が勇のほうを見る。勇も自分に関係のある話になったとわかったのか、日本酒のグラスを掲げてご機嫌だ。

「社員のスキルを上げていく。取れる資格はどんどん取ってもらう。それこそ、オペレーターがひとり休んだくらいで現場が頓挫《とんざ》しないように。そのために、マデノの資格取得システムがバックアップする」

イトウにも社員に現場に必要な資格を取らせるシステムはあるが、規模と種類はマデノほど大きくはない。資格取得の種類によっては請け負える仕事の種類も増える。

「俺はマデノの常務を続けるが、子会社のイトウのほうにも役員として入って経営に関わっていく。人を増やして業務内容を変えていって、お義父さんが相談役に回ったら、俺が社長に就任する。俺はイトウ建業を、マデノのサブコンに匹敵する会社にのし上げてみせる」

「わたしのお婿さん、かっこいい！」

理紗はたまらず聡に抱きつく。彼の背中でシワになりそうなほどスーツを握りしめ、ぐりぐりと頭を擦りつけた。

「最高！　世界一！　かっこよすぎる！」

大絶賛しているうちに、嬉しくて嬉しくて涙が出そうになる。

「理紗の婿だぞ。かっこ悪いわけがないだろう」

優しく抱きしめ返され、ぽろっと涙がこぼれた。

さらに勇と由季子に「いいお婿さんだね」と褒められ、理紗はたくさんの嬉し涙を流した。

——そして、やはり圭介は戻ってこなかったのである……。


その後、理紗は聡の車でマンションへ帰った。

伊藤家を出るときに両親が長方形の大きな箱をくれたのでなにかと思ったが、今日は理

た。

紗の誕生日だ。

週末のお泊まりデートに備えていたので両親からの誕生日プレゼントは考えていなかった。

中身は、なんとペアパジャマである。誕生日というより結婚祝いか記念日のプレゼントみたいだとおかしくなるが、ペアパジャマを着ているのが普通だと感じるくらい仲よくしていてくれと言われているようで嬉しい。さっそく今夜から着ることにした。

水通しをして乾燥するまで、一緒にお風呂に入ることになった。

「聡さん、勘違いして、本当にごめんなさい」

聡の背中をボディスポンジで擦りながら、理紗は何度目かの「ごめんなさい」をする。

聡の話をしっかり聞かないで勘違いした自分が、すごく恥ずかしい。

「もういいよ、そんなに謝るな。理紗はちゃんと理解してくれたし、圭介さんのほうも上手くいきそうだし、いいことだらけだろう?」

「うん、そうなんだけど……」

シャワーで泡を流す。誤解をしたお詫《わ》びに、今日は先に背中を洗わせてとお願いをしたのだ。いつもは一緒に入ると聡が理紗を先に洗ってくれる。

「やっぱり自分が恥ずかしい。聡さんがそんな人じゃないって、わたしが一番わかっていなくちゃいけないのに。……聡さん、なんかしてほしいことないですか？　お詫びに」

何気なく出た言葉だった。しかし聡はすぐさま喰いついたのである。

「あれ！　実家に泊まったときにやってくれたやつ！」

「実家に……あっ！」

すぐにわかった。聡が元気になりすぎて破裂しそうになる、アレだ。

「じゃあ、ベッドに入ったら……」

「ここで」

「ここ⁉」

「ここだったら、もし気持ちよすぎてダしちゃっても、流せばいいし」

確かにそうだ。理紗はシャワーを戻して広い洗い場の一角にマットを敷く。聡がそこにあお向けに寝転がった。

「あの……これって、そんなに気持ちイイですか？　なんていうか、そんなに強く締めあげられている気もしないし……」

「いや、理紗のおっぱいでソフトに揉み上げられるのが至上の悦び」

「そ、そうですか」

ビックリするほど凛々しい声で言われてしまった。照れるというか慄《おのの》く。

聡の脚のあいだに入ろうとすると、腕を引っ張られる。どうやら向きを変えろという意味らしい。

うながされるまま逆になって体勢を変えていく。結果、彼の身体を跨《また》ぎ、顔側にお尻を向けた格好になってしまった。

彼自身が胸の谷間に当たっているので目的は果たせるが、これではお尻が丸見えだ。それも脚を広げているせいでうしろの窪《くぼ》みが見えてそうで恥ずかしい。

お尻を両手で撫でられ、ゾクゾクッと背が反る。これはいけない。聡の手が動かないくらい気持ちよくしなくては、お詫びにならない。

理紗は以前やったように胸のふくらみを寄せて聡の肉棒を挟みこむ。できる限り強く締めて上下にしごいた。

「うンッ……」

聡がうめき、腰が揺れる。この調子でとスピードを上げるが、前回と同じ状況に陥りかかっていることに気づいてハッとした。

こうして乳房で局所を挟んで擦り上げていると、胸にも刺激が生まれて官能が騒ぎだす。

脚のあいだがムズムズして、自然と腰がうねった。

「ひゃぁんっ」

膣口を擦り回される感触に腰が伸びる。思わず脚を閉じそうになるが、彼の身体を跨いでいるので無理だった。

「そうやって擦ってると、理紗も気持ちよくなるだろう？　ここが切なくなったらかわいそうだから、俺もさわってあげる」

「で、でも……あぁぁんっ」

指が膣路に挿しこまれ、中を探るように左右に回される。指先で膣襞を掻かれ、あたたかな愛液がタラタラと内腿に垂れ落ちた。

「あっ、あ、ん……やぁ」

指がスライドする激しさに負けじとばかりに、理紗も支えた乳房を強くスライドさせる。谷間に挟まった屹立は熱く燃え滾り、突き上がる切っ先が赤く膨れてつやつやしている。

「あぁっ、ダメェ……！」

「俺もマズい……！」

聡が指を抜き、腰を引く。

胸に挟まった愛棒が引っ張られていくのを感じて力をゆるめると、聡は理紗の体勢をそのままに自分だけ身体を引き抜いて両膝をついた。

「聡さぁん……」

「そんな切ない声を出すな。ちゃんとアゲるから」

四つん這いになった腰をグイッと上げられ、すぐお尻のあいだに熱い塊が進んでくる。背中から覆いかぶさってきた聡と軽く唇を合わせ……。

「……着けてない」

「駄目？」

「いいですよ……」

両乳房を強く握られたかと思うと、なにもまとわない熱塊が勢いよく隘路を埋めた。

「はぁぁぁんっ！」

じゅっぽじゅっぽといやらしい音をバスルームに反響させながら、爆発しそうな剛強が淫路を蕩かす。腰の奥から崩れそうな感覚に襲われ、崩れてなるものかとお尻に力を入れると突き挿しが強くなった。

「締まりすぎ、理紗……。たまんないだろ……」

「やぁぁん、しらないぃ……ぁぁっ、あんっ！」

激しく熱を加えられて蜜壺が噴火しそう。摑まれた両乳房を千切れてしまうのではないかというくらい揉み崩され、快感がどこまでもせり上がっていく。

どこまで感じたら、終わりがあるのだろう……。

「ああ、理紗のおっぱい最高っ」

「やらしいなぁもうっ……胸だけですか？」

「そんなわけがないだろう」

顔を傾け、唇を合わせる。胸からグイッと上半身を引っ張られ腰が下がる。半中腰になりながら、ガンガンと腰を打ちつけられた。

「あああっ！　ダメッ、ダメェっ……！　イ、くぅ……も、あぁっ！」

「俺、もっ……このまま、いい？」

「やっ、ぁあっ、そんなこと、聞かな……くても、あっ、あ！」

「聞くよ。婿だからね」

「もぉおおっ、ばかぁ……、いい、いいから、早く、……イかせてぇ！」

「愛してるよ、りさっ！」

ぐぐいっと淫強な鏃が蜜壺に爆弾を落とす。一気に愉悦が噴き上がり、大きく弾けた。

「やぁあン……！　さとしさぁん……すきぃ――――‼」

胎《はら》にまき散らされる熱い飛沫《しぶき》が、頭にまで駆け上がってきて意識が蕩ける。

今までとは違う恍惚《こうこつ》感。全身から噴き出す熱が、聡と溶け合ってひとつになってしまいそう。

（それでも、いい……）

忘我の果てへ飛ばされそうとはこのことか。こんな気分で飛ばされるなら最高だ。

そう思うが、ググっと乳房を強く摑まれる気配がして、理紗は忘我行きを強制停止した。

——うしろから抱きついたままの聡が、まだ乳房を揉んでいる。

「ハァ……最高……。一生揉んでいたい……」

「聡さん～～」

快感の余韻も飛んでいく……。

とはいえ、理紗にぴったりくっついて幸せそうな聡を感じると、嬉しくなるのは間違いではなく……。

（一生揉ませてあげますよ）

そんなことを思ってしまう、理紗なのである。

おそらく、今夜はパジャマを着る暇がないかもしれない。

エピローグ

あれだけ騒ぎたてたのだ。翌日出社して質問攻めにされるのは覚悟していた。

しかし聡に聞いたところによると、理紗が飛び出していったあとふたりが結婚していることをその場で公表したのだとか。

「思わず理紗の名前を叫んでしまったし、理紗が怒鳴った内容は、誰が聞いたって夫婦喧嘩だろう？　だから、『ちょっとした夫婦喧嘩です。お騒がせして申し訳ない』って言ったんだ。詳しいことは社内報で発表するから、あまり騒がないでほしいって」

聡も名前を叫んだのはマズいと感じたようだ。

さらに課長が課員に向けてメールを打ってくれたらしい。

『明日以降、伊藤さんの結婚が大きな話題になることでしょう。それについては社内報で発表がありますので、どうぞ皆さん、課内では必要以上に伊藤さんに話を聞くことはしないでください。おめでたい話です。報告を待ちましょう』

部下思いの秘書課課長。それは間違いじゃなかった。

顔を見たら、昨日のことを謝るついでに「パパかっこいい」と言っておこう。

エントランスでのひと騒動があったときに外出中だった真由子は、戻ってから話を聞いたのだろう。スマホにメッセージが連投されていた。

それでも課長のメールを見たらしく、最後のメッセージは『おめでとう、よかったね』で締めくくられていたのである。

気がかりだったことがすべて解決して、上手くいく予感に胸が躍る。

会長に結婚をよく思われていないのはそのままだがそのうち引退するらしいし、副社長によれば会長の一人娘である義母が理紗をとっても気に入っていると発言したらしく、おかしな小細工はできなくなるのではないかという話だ。

名家の一人娘である。……会長も、娘に弱い父親らしい。

上手くいくといえば、年内にはおめでたい出来事がひとつ起こりそうだ。

圭介の結婚が決まったのだ。

もちろん、元カノとヨリを戻したのである。

「理紗、見てくれ！」

平日の社員食堂。いつもの遅い時間の昼食。満面の笑みで聡が見せてきたのは、二枚の名刺である。

一枚はマデノの常務として使う名刺。もう一枚はイトウの役員として使う名刺。

どちらも、名前が〝伊藤　聡〟になっている。

「嬉しいな〜、今日から配りまくろう」

社内報を通して結婚報告をしてから二週間。

常務が婿入りをしたとのことで最初こそ物珍しげに騒がれたが、聡の爽やかな性格ゆえか揶揄する声も聞こえず、案外アッサリと受け入れられた。

せっかく公表したのだからということで、聡は仕事上でも伊藤姓に変え、さっさと名刺も作り直してしまったのだ。

名刺くらいで喜んじゃって、とは思うが、喜ぶ聡の顔を見るだけで理紗も嬉しくなる。

「はい、どうぞ」

聡が理紗に名刺を差し出す。それも一枚ずつ両手に持って。

「くれるんですか？」

「もちろん。お婿さんの名刺、もらってください」

「ありがとうございます」

ぺこりと頭を下げ、両手で一枚ずつ受け取る。その手を摑まれ引き寄せられて……。唇にキスをされた。

「こらっ、会社ですよっ」

めっ、と咎める理紗ではあるが、口元が少しニヤつく。──幸せすぎて、普通の顔に戻らない。

「ごめん。でも嬉しくて」

握られた左手が聡の口元に引かれ、薬指にキスをされた。そこには、結婚してもつけることができないでいたおそろいの結婚指輪がはまっている。

──幸せで幸せで、胸が張り裂けそう。

「許してくれる？」

「……もう一回キスしてくれたら、許します」

「喜んで」

お互いの指輪を指で撫でて、ふたりはウンベラータにかくれて唇を重ねた。

「わたしのお婿さん、最高っ」

END

あとがき

もしかしてちょっとお行儀が悪いのかもしれないけど美味しい食べかた、みたいなのって、皆さんあると思うんです。

たとえば、ご飯にお味噌汁をかける。本編にも登場しましたが、鯖《さば》の味噌煮の煮汁をご飯にかけちゃう。カップスープの中にちぎったパンやクラッカーを入れる。などなど……。

そういうのって自分にとっては普通のことでも、お行儀が悪いのかもしれないけど美味しい食べかた、を持っていない人にとっては未知の行為なんでしょうね。

そんな未知の発見を受け入れて楽しんでくれたのが、今回のヒーロー、聡《さとし》です。気取らない人気者、ではありますが、生粋のお坊ちゃまですから。一応社長令嬢だけど庶民オブ庶民のヒロイン、理紗《りさ》とは食生活の違いがありすぎるわけです。

文句ひとつ言わず、理紗の感覚に寄り添い「婿だからな！」のひとことですべて解決できる彼、もう、愛あればこそ、ですよね！　好きっ！

夕方のスーパーで値下げ品を買い物かごにポイポイ入れるイケメン。私は「有り！」だと思います（笑）。今回のテーマのように「婿」ものだから許されるヒーローでもあるかな。

ちなみに「目玉焼き丼」はサッと食べられて美味しいのでお勧めですっ。通常はお醤油を混ぜますが、焼き肉のたれをかけてマヨネーズを混ぜる、というのもあるらしく。興味があるので、胃腸の調子がいいときにやってみようと思います……（ドキドキ）。

担当様に「こういうのが好き」と言われたとき、私のなかで聡のキャラが固まりました。勘違いしつつ、妻への愛ゆえに庶民感覚を身につけていくセレブ。むちゃくちゃ書くのが楽しかったです。担当様、いつもありがとうございます！　そして、そんなお婿さんと奥さんをとても素敵な夫婦のイラストにしてくださいました鈴倉温《すずくらはる》先生、ありがとうございます！　自分にリボンをかけてバラを持ってる聡、イメージどおりすぎて最高でした！

本作に関わってくださいました皆様、見守ってくれる家族や友人、そして、本書をお手に取ってくださりましたあなたに、心から感謝いたします。

ありがとうございました。またご縁がありますことを願って――――。

幸せな物語が、少しでも皆様の癒やしになれますように。

令和五年十月／玉紀　直

御曹司婿の押しかけ婚

～高嶺の花の旦那サマといきなり新婚です～　Vanilla文庫 Miel

2023年12月5日　第1刷発行　　定価はカバーに表示してあります

著　作　玉紀 直　©NAO TAMAKI 2023
装　画　鈴倉 温
発行人　鈴木幸辰
発行所　株式会社ハーパーコリンズ・ジャパン
東京都千代田区大手町1-5-1
電話 03-6269-2883（営業）
0570-008091（読者サービス係）

印刷・製本　中央精版印刷株式会社

Printed in Japan ©K.K.HarperCollins Japan 2023 ISBN978-4-596-53193-3